Reihe Hanser 225
Charles Bukowski
Fuck Machine

Bukowski, jahrelang als Lyriker und Erzähler ein Geheimtip aus dem literarischen Underground, schildert mit aggressivem, manchmal märchenhaften Realismus, obszön und ungemein witzig die Kehrseite jenes »way of life«, der vom amerikanischen Traum zum Albtraum führt. Diese Prosa handelt von gewalttätigen Liebesversuchen in einer gewaltsam lebenden oder lieblos sterbenden Welt: in Amerikas Slums, in Absteigen, Bars, Hurenhäusern und Schlachthöfen.

Charles Bukowski wurde als Sohn deutsch-polnischer Eltern 1920 in Andernach am Rhein geboren; er kam im Alter von zwei Jahren in die USA, wuchs auf in den Slums ostamerikanischer Großstädte, war Mitglied jugendlicher Banden, saß im Gefängnis und Irrenhaus, arbeitete u. a. als Leichenwäscher, Tankwart, Werbetexter für ein Luxusbordell, Nachtportier, Sportreporter, Hafenarbeiter, Zuhälter und Briefsortierer. Mit 35 Jahren begann er zu schreiben; zuerst Gedichte für Underground-Gazetten, – später Erzählungen, wegen der er von Genet, Henry Miller und Sartre als »poète maudit« des heutigen Amerika gefeiert wurde. Bukowski lebt heute in Los Angeles.

# Charles Bukowski
# Fuck Machine

Amerikanische Erzählungen
Deutsch von Wulf Teichmann

Carl Hanser Verlag

Reihe Hanser 225
ISBN 3-446-12351-2
5. Auflage 1977
Alle Rechte vorbehalten
Titel der Originalausgabe:
ERECTIONS, EJACULATIONS, EXHIBITIONS AND
GENERAL TALES OF ORDINARY MADNESS, 1967–1972
City Lights Books, San Francisco 1972, (Auswahl)
© 1972 by Charles Bukowski
© 1977 by Carl Hanser Verlag München Wien
Ausstattung: Klaus Detjen
Gesamtherstellung: Georg Appl, Wemding
Printed in Germany

# Fuck Machine

# Kid Stardust im Schlachthof

Ich war wieder am Ende mit meinem Glück und zu nervös diesmal vom maßlosen Weintrinken; wilde Augen und schwach; zu niedergedrückt, um meinen üblichen Einspring- und Ausruhjob als Lager- oder Packjunge kriegen zu können, und so ging ich runter zum Verladewerk des Schlacht- hofs. Ich kam ins Büro, und der Mann sagte:

»Hab ich dich nicht schon mal gesehn?«

»Nein«, log ich.

Ich war vor 2 oder 3 Jahren schon mal dagewesen, hatte den ganzen Papierkram hinter mich gebracht, die ärztliche Unter- suchung und so weiter, und sie hatten mich Treppen hinun- tergeführt, 4 Stockwerke abwärts, und es war kälter und käl- ter geworden, und die Fußböden waren bedeckt gewesen mit einem schimmernden Blutfilm, grüne Fußböden, grüne Wände. Er hatte mir meine Arbeit erklärt – die darin be- stand, auf einen Knopf zu drücken, und dann dröhnte durch dieses Loch in der Wand ein Geräusch, als würden Fußballer zusammenkrachen oder wie von Elefanten, die zum Ge- schlechtsverkehr übergehen, und dann kam es – etwas Totes, eine Masse Totes, blutig, und er zeigte mir, du nimmst das da und wirfst es auf den Laster und dann drückst du auf den Knopf, und das nächste kommt raus. Dann ging er weg. Als er das tat, zog ich den Kittel aus, nahm den Blechdeckel vom Kopf, zog die Stiefel aus (die man mir 3 Nummern zu klein gegeben hatte) und ging die Treppen wieder hoch und raus aus dem Laden. Jetzt war ich wieder da, wieder am Boden.

»Du siehst ein bißchen alt aus für die Arbeit.«

»Ich will wieder in Form kommen. Was ich brauche, ist schwere Arbeit, gute schwere Arbeit«, log ich.

»Meinst du, du schaffst das?«

»Ich bin ein zäher Hund. Hab früher im Ring gestanden. Ge- gen die Besten gekämpft.«

»Oh ja?«

»Ja.«

»Hm, kann ich an deinem Gesicht sehn. Mußt ganz schön was eingesteckt haben.«

»Mein Gesicht ist Nebensache. Schnelle Hände hab ich gehabt. Hab ich immer noch. Mußte'n paarmal auf die Bretter, weil das besser aussah für manche.«

»Bin eigentlich auf'm Laufenden beim Boxen. Aber an deinen Namen kann ich mich nicht erinnern.«

»Gekämpft hab ich unter einem andern Namen, Kid Stardust.«

»Kid Stardust? Kann mich an keinen Kid Stardust erinnern.«

»Ich hab in Südamerika gekämpft, in Afrika, Europa, auf den Inseln. Ich hab in Kleinstädten gekämpft. Deswegen die ganzen Lücken in meinem Arbeitsbuch – ich schreib da nicht gern Boxer hin, weil die Leute denken, ich mach Blödsinn oder lüge. Ich laß da einfach die Stellen frei, und damit hat sich's.«

»Na schön, dann tanz mal morgen früh halb 10 hier an für die ärztliche Untersuchung, und dann werden wir dir 'ne Arbeit geben. Du willst schwere Arbeit, sagst du?«

»Na ja, wenn Sie was anderes haben . . .«

»Nein, momentan grade nicht. Sag mal, du siehst schon fast aus wie 50. Ich frage mich, ob ich da keinen Fehler mache mit dir. Mit so Leuten wie euch wollen wir unsere Zeit nämlich nicht verplempern.«

»Ich bin keine Leute – ich bin Kid Stardust.«

»Na schön, Junge«, lachte er, »du sollst sie haben, deine ARBEIT!«

Mir gefiel nicht, wie er das sagte.

2 Tage später wanderte ich durchs Werkstor zu der Holzbude, wo ich einem alten Mann den Wisch mit meinem Namen drauf gab: Henry Charles Bukowski, jun., und er schickte mich weiter zur Laderampe – bei einem Thurman sollte ich mich melden. Ich ging also da hin. Da saß eine Reihe Männer auf einer Holzbank, und sie sahen mich an wie einen Homosexuellen oder Beinamputierten.

Ich schaute sie an mit einem Blick, der leichte Geringschät-

zung ausdrücken sollte, und sagte in meinem besten Hinter-
hofton, breit und gedehnt:
»Wo's'n Thurman. Ich soll mich melden bei dem Kerl.«
Einer machte eine Bewegung mit dem Daumen.
»Thurman?«
»Ja?«
»Ich arbeite für dich.«
»Ja?«
»Ja.«
Er sah mich an. – »Wo sind deine Stiefel?«
»Stiefel? Hab keine«, sagte ich.
Er griff unter die Bank und gab mir ein Paar. Ein altes, hart
gewordenes, steifes Paar Stiefel. Ich zog sie an. Dasselbe alte
Lied: 3 Nummern zu klein. Meine Zehen wurden zusammen-
gequetscht und gestaucht.
Dann gab er mir einen blutigen Kittel und einen Blechhelm.
Ich stand da, während er sich eine Zigarette anmachte oder,
wie der Engländer vielleicht sagen würde: während er seine
Zigarette entzündete. Mit ruhigem und männlichem Arm-
schwung warf er das Streichholz weg.
»Komm her.«
Es waren alles Neger, und als ich näherkam, sahen sie mich
an, als wären sie Black Muslims. Ich bin 1,83 groß, aber sie
waren alle größer als ich, und wenn nicht größer, dann 2 bis 3
mal so breit.
»Charley!« brüllte Thurman.
Charley, dachte ich. Charley, wie ich. Das ist schön.
Ich schwitzte bereits unter dem Blechhelm.
»Gib ihm ARBEIT!!«
Lieber Gott, o lieber Gott, wo sind sie hin, die süßen und
leichten Nächte? Warum kann dies nicht Walter Winchell
passieren, der an den American Way glaubt? War ich nicht
einer der besten Anthropologiestudenten? Was ist nur pas-
siert?
Charley nahm mich mit und stellte mich vor einen leeren
Lastwagen, der so lang wie ein halber Häuserblock an der
Laderampe stand.

»Warte hier.«

Dann kamen einige von den Black Muslims mit Schubkarren angerannt, die in einem grindigen, klumpigen Weiß angestrichen waren, einem Weiß wie mit Hühnerscheiße vermischt. Und jeder Karren war beladen mit Bergen von Hinterschenkeln, die in dünnem, wässrigem Blut schwammen. Nein, sie schwammen nicht in dem Blut, sie hockten darin; wie Blei, wie Kanonenkugeln, wie der Tod.

Einer von den Jungens sprang in den Laster hinter mir, und der andere fing an, mir Hinterschenkel zuzuwerfen, und ich fing sie auf und warf sie dem Kerl hinter mir zu, der sich umdrehte und den Schenkel hinten in den Laster warf. Die Schenkel kamen schnell SCHNELL und waren schwer und wurden schwerer. Kaum hatte ich einen Schenkel geworfen, war schon ein anderer durch die Luft unterwegs zu mir. Ich wußte, daß sie mich fertigmachen wollten. Bald schwitzte ich, schwitzte, als wären Wasserhähne aufgedreht worden, und mein Rücken tat weh, und meine Handgelenke taten weh, meine Arme schmerzten, alles schmerzte und war fertig bis auf das letzte unmögliche Quentchen lahmer Energie. Ich konnte kaum mehr sehen, kaum mehr die Kraft aufbringen, noch einen Schenkel zu fangen und zu werfen, zu fangen und zu werfen. Ich schwamm in Blut, und immer wieder kriegte ich den weichen, toten, schweren PLUMPS in die Hände, den Hinterschenkel, der ein wenig nachgibt wie die Arschbacke einer Frau, und ich bin zu schwach, um zu sprechen und zu sagen, Hey, was zum HENKER ist los mit euch Kerlen? Die Schenkel kommen, und ich bin am Rotieren, festgenagelt, wie ein Toter an einem Kreuz, mit einem Blechhelm auf, und sie kommen mit immer mehr Schubkarren voll von Schenkeln, Schenkeln, Schenkeln angerannt, und schließlich sind alle leer, und da stand ich, schwankend, und atmete das gelbe elektrische Licht. Es war Nacht in der Hölle. Na, Nachtarbeit hab ich ja schon immer gemocht.

»Komm her!«

Sie brachten mich in einen anderen Raum. In der Luft hängend, kommt durch eine große Öffnung hoch oben in der hinteren Wand ein halber Mastochse – oder vielleicht ist es ein ganzer gewesen, ja, es waren ganze Ochsen, ich weiß es jetzt, alle vier Beine waren noch dran, und einer kam an einem Haken aus dem Loch, eben war er ermordet worden, und direkt über mir blieb der Ochse stehen, hing da direkt über mir an diesem Haken.

Sie haben ihn grade umgebracht, dachte ich, sie haben das verdammte Ding umgebracht. Wie können sie einen Mann von einem Ochsen unterscheiden? Wie wollen sie wissen, daß ich kein Ochse bin?

»GUT SO – BRING IHN IN SCHWUNG!«

»In Schwung?«

»Ganz recht – TANZ MIT IHM!«

»Was?«

»Oh lieber Gott! GEORGE komm her!«

George trat unter den toten Ochsen. Er packte ihn. EINS. Er lief vorwärts. ZWEI. Er lief rückwärts. DREI. Er lief vorwärts. Der Ochse war fast parallel zum Fußboden. Jemand drückte auf einen Knopf, und George hatte ihn. Er hatte ihn für die Fleischmärkte der Welt. Er hatte ihn für die schwatzenden, schlechtgelaunten, wohlausgeruhten, blöden Hausfrauen der Welt, die um 2 Uhr nachmittags in ihren Hauskitteln an rotverschmierten Zigaretten ziehen und fast nichts fühlen.

Sie stellten mich unter den nächsten Ochsen.

EINS.

ZWEI.

DREI.

Ich hatte ihn. Seine toten Knochen auf meinen lebendigen Knochen, sein totes Fleisch auf meinem lebendigen Fleisch, und Knochen und Gewicht drückten sich ein, ich dachte an Opern von Wagner, ich dachte an kaltes Bier, ich dachte an eine Sexmieze, die mir gegenüber auf einem Sofa sitzt, die Beine hoch übereinandergeschlagen, und ich habe einen Drink in der Hand, und langsam und sicher sprechend taste ich mich vor in die leere Seele ihres Leibes, und Charley brüllte: »HÄNG SIE IN DEN LASTER!«

Ich ging zu dem Laster. Als Junge war mir auf amerikanischen Schulhöfen beigebracht worden, daß Niederlagen eine Schande sind, und so wußte ich, daß ich den Ochsen nicht fallen lassen durfte, denn das würde bedeuten, daß ich kein Mann war, sondern ein Feigling, und ich folglich außer Hohn und Spott und Schlägen nicht viel verdiente. Man mußte ein Sieger sein in Amerika, daran gab es nichts zu rütteln, und man mußte lernen, für nichts zu kämpfen, keine Fragen zu stellen – und außerdem würde ich den Ochsen wahrscheinlich wieder aufheben müssen, wenn ich ihn fallen ließe; und dreckig würde er werden. Ich will nicht, daß er dreckig wird; oder vielmehr – sie wollen nicht, daß er dreckig wird.

Ich ging in den Laster.
»HÄNG IHN AUF!«
Der Haken, der von der Decke hing, war stumpf wie ein Männerdaumen ohne Fingernagel. Man ließ das untere Ende des Ochsen zurückrutschen und ging mit dem vorderen Ende hoch, man stieß damit nach dem Haken, wieder und wieder, aber der Haken wollte nicht durchgehen. Das HURENSTÜCK!!! – es war alles nur Knorpel und Fett, zäh, zäh.
»WIRD'S BALD! WIRD'S BALD!«
Mit letzter Kraft machte ich noch einen Versuch, und der Haken ging durch, es war ein schöner Anblick, ein Wunder, wie dieser Haken durchging, wie dieser Ochse da hing, ganz von selber, ganz runter von meiner Schulter hing er da für Hauskleider und Fleischerladenschwatz.
»LOS, WEITER!«
Ein Zweieinhalbzentnerneger kam herein, hochmütig, scharf, kühl, mörderisch, kam herein, hängte sein Fleisch mit einem Schnapp hin, blickte herab auf mich.
»Wir bleibm inner Reihe hier!«
»Okay, Kumpel.«
Ich ging raus, vor ihm her. Ein anderer Ochse wartete auf mich. Jedesmal, wenn ich mir einen auflud, war ich sicher, daß dies der letzte war, den ich schaffen würde, aber immer wieder sagte ich mir:

»Noch einer,
nur noch einer,
dann hör ich
auf,
scheiß der Hund
drauf.«
Sie warteten darauf, daß ich aufgeben würde, ich konnte die
Augen sehen, das Lächeln, wenn sie dachten, ich würde nicht
hinschauen. Diesen Sieg gönnte ich ihnen nicht. Ich ging den
nächsten Ochsen holen. Der große Spieler, der vor dem
Bankrott noch einen letzten Einsatz wagt, so ging ich zum
Fleisch.
2 Stunden gingen hin, dann brüllte jemand: »PAUSE.«
Ich hatte es geschafft. Eine Zehnminutenpause, etwas Kaffee,
und nie mehr würden sie mich zum Aufgeben zwingen können. Hinter ihnen her ging ich hinaus zu einem Imbißwagen,
der vorgefahren war. Ich konnte sehen, wie in der Nacht der
Dampf von dem Kaffee aufstieg; ich konnte Krapfen sehen
im elektrischen Licht; und Zigaretten und Gebäckstücke und
belegte Brote.
»HEY, DU!« – Es war Charley, Charley wie ich.
»Ja, Charley?«
»Bevor du Pause machst, steig in den Laster da und fahr ihn
rüber auf Platz 18.«
Es war der Laster, den wir gerade beladen hatten; der einen
halben Häuserblock lang war. Parkplatz 18 war auf der andern Seite des Hofes.
Es gelang mir, die Tür aufzumachen und ins Führerhaus zu
klettern. Da war ein weicher Ledersitz, und man hatte ein so
gutes Gefühl auf dem Sitz, daß ich wußte, ich würde bald
einschlafen, wenn ich nicht dagegen ankämpfte. Ich war kein
LKW-Fahrer. Ich blickte nach unten, und es sah aus wie ein
halbes Dutzend Ganghebel, Bremsen, Pedale und so weiter.
Ich drehte den Schlüssel, und es gelang mir, den Motor an-
springen zu lassen. Ich spielte mit den Pedalen und Ganghe-
beln, bis der Laster anfing zu rollen, und dann fuhr ich ihn
über den Hof auf Platz 18, und dabei dachte ich die ganze

Zeit – wenn ich zurückkomme, wird der Imbißwagen weg sein. Das war eine Tragödie für mich, eine echte Tragödie. Ich parkte den Laster, schaltete den Motor ab und saß einen Augenblick da und genoß das Sanftweiche auf diesem Ledersitz. Dann machte ich die Tür auf und stieg aus. Ich verfehlte den Tritt oder was es auch war, was da hätte sein sollen, und fiel mit meinem blutigen Kittel und dem Christusblechhelm auf die Erde wie erschossen. Es tat nicht weh, ich habe nichts gespürt. Ich stand gerade noch rechtzeitig auf, um zu sehen, wie der Imbißwagen durch das Tor und die Straße runterfuhr. Ich sah, wie sie wieder zur Laderampe gingen, lachend und sich Zigaretten anzündend.

Ich zog die Stiefel aus, ich zog den Kittel aus, ich nahm den Blechhelm ab und ging zu der Bude am Werkstor. Ich warf den Kittel, den Helm und die Stiefel über das Pult. Der alte Mann sah mich an:

»Was? So 'ne GUTE Arbeit schmeißt du hin?«

»Sag ihnen, sie sollen mir meinen Lohn für 2 Stunden mit der Post schicken; oder sag ihnen, sie sollen ihn sich in den Arsch stecken, ich scheiß drauf!«

Ich ging hinaus. Ging über die Straße in eine mexikanische Kneipe und trank ein Bier, dann fuhr ich mit dem Bus nach Hause. Wieder hatte der amerikanische Schulhof mich geschlagen.

# Wohnen in einem texanischen Hurenhaus

Ich stieg in diesem Ort in Texas aus dem Bus, und es war kalt, und ich hatte Verstopfung, und man weiß das ja nie, es war ein sehr großes Zimmer für nur 5 Dollar die Woche, und es hatte einen Kamin, und eben war ich aus meinen Sachen gestiegen, da kam ein alter schwarzer Kerl ins Zimmer marschiert und fing an, mit einem langen Stocherhaken im Kamin herumzustochern. Es war überhaupt kein Holz im Kamin, und ich fragte mich, was er da mit diesem Stocherhaken im Kamin herumstocherte. Dann hat er mich angeguckt, sich an den Schwanz gefaßt und ein Geräusch von sich gegeben, so ähnlich wie »issssss, issssss!« Und ich dachte, na ja, aus irgendeinem Grund hält der mich für einen Strichjungen. Da ich aber keiner war, konnte ich ihm nicht dienen. Na ja, dachte ich, so ist die Welt nun mal, so geht's halt zu in der Welt. Mit dem Stocherhaken in der Hand ist er dann noch ein paarmal um mich herumgestrichen, dann ist er aus dem Zimmer gegangen.

Darauf bin ich dann ins Bett geklettert. Wenn ich mit dem Bus reise, kriege ich immer Verstopfung; und schlafen kann ich dann auch nicht; aber unter Schlaflosigkeit leide ich sowieso immer. – Der schwarze Kerl mit dem Stocherhaken ist also aus dem Zimmer marschiert, und ich habe mich im Bett ausgestreckt und gedacht, na ja, in ein paar Tagen werde ich vielleicht scheißen können.

Da ging die Tür wieder auf, und diesmal kam herein ein ganz schön verbotenes Geschöpf, ein weibliches, und das kniete sich hin und fing an, den Holzfußboden zu schrubben, und ihr Arsch ging immer hin und her, immer hin und her, wie sie da den Holzfußboden schrubbte.

»Wie wär's mit 'nem netten Mädchen?« fragte sie mich.

»Nein. Bin viel zu müde. Grade aus'm Bus gestiegen. Ich will nur noch schlafen, sonst nix.«

»'n gutes Stück Arsch, und du würdest noch besser schlafen, wirklich. Auch nur 5 Dollar.«

»Ich bin zu müde.«

»'s ist'n nettes, sauberes Mädchen.«

»Und wo ist es?«

»Ich bin das Mädchen.«

Sie stand auf und drehte sich zu mir um.

»Tut mir leid, ich bin einfach zu müde; wirklich.«

»Nur zwei Dollar.«

»Nein, tut mir leid.«

Sie ging hinaus. Kurz darauf hörte ich eine Männerstimme.

»Sag ma', willst du mir etwa erzählen, du konntest ihm nix von dei'm Arsch verkaufen? Wir haben ihm unser bestes Zimmer für nur 5 Dollar gegeben. Und du willst mir erzählen, du konntest ihm nix von dei'm Arsch verkaufen?«

»Bruno, ich hab's versucht! Ehrlich, ich schwör's dir bei Jesus, ich hab's versucht!«

»Du Drecksnutte, du!«

Ich kannte das Geräusch. Es war keine Ohrfeige. Die meisten guten Zuhälter hüten sich, das Gesicht zu verunstalten. Sie schlagen auf die Backe, unten am Unterkiefer; Auge und Mund vermeiden sie. Bruno muß einen großen Stall gehabt haben. Es war eindeutig das Geräusch von Fäusten, die auf den Kopf treffen. Sie schrie und flog gegen die Wand, und als sie von der Wand wegkam, verpaßte Bruder Bruno ihr den nächsten. Sie flog hin und her zwischen Fäusten und Wand, und ich streckte mich im Bett und dachte, na ja, das Leben wird ja manchmal recht interessant, aber *ganz* so scharf darauf, das alles zu hören, bin ich nun doch nicht. Wenn ich gewußt hätte, daß sowas passieren würde, hätte ich sie ein bißchen drangelassen.

Dann bin ich eingeschlafen.

Am nächsten Morgen bin ich aufgestanden und habe mich angezogen. Natürlich habe ich mich angezogen. Aber scheißen konnte ich immer noch nicht. Also bin ich rausgegangen auf die Straße und habe angefangen, mich nach Foto-Ateliers umzusehen. In das erste bin ich reingegangen.

»Ja, Sir? Sie möchten sich fotografieren lassen?«

Es war eine gutaussehende Rothaarige, die zu mir auflächelte.

»Warum soll ich mich mit so einem Gesicht wie meinem fotografieren lassen? Ich suche Gloria Westhaven.«

»Ich bin Gloria Westhaven«, sagte sie, schlug die Beine übereinander und zog ihren Rock zurück. Und ich hatte gedacht, man müsse erst sterben, um in den Himmel zu kommen.

»Was ist los mit Ihnen?« fragte ich sie. »Sie sind nicht Gloria Westhaven. Ich habe Gloria Westhaven auf der Fahrt von Los Angeles in einem Bus kennengelernt.«

»Und was hat *die* denn?«

»Nun, ich hab gehört, ihre Mutter besitzt ein Foto-Atelier. Ich bin auf der Suche nach ihr. Im Bus war was gewesen zwischen uns.«

»Sie meinen, nichts war gewesen im Bus.«

»Wir haben uns im Bus kennengelernt. Als sie ausstieg, hatte sie Tränen in den Augen. Ich bin bis New Orleans runtergefahren und dann mit dem Bus zurückgekommen. Das ist 'ne ganze Ecke. Noch nie hat eine Frau geweint wegen mir.«

»Vielleicht hat sie ja wegen was anderm geweint.«

»Das hab ich zuerst auch gedacht, aber dann haben die andern Fahrgäste alle angefangen, mich aufzuziehn.«

»Und alles, was Sie wissen, ist, daß ihre Mutter ein Foto-Atelier besitzt?«

»Das ist alles, was ich weiß.«

»Na schön, also hören Sie zu, ich kenne den Herausgeber der führenden Zeitung in dieser Stadt.«

»Das wundert mich nicht«, sagte ich mit einem Blick auf ihre Beine.

»Okay, lassen Sie mir Ihren Namen da und wo Sie abgestiegen sind. Ich werde ihn anrufen und ihm die Geschichte erzählen, nur müssen wir sie ein bißchen ändern. Sie haben sich in einem Flugzeug kennengelernt, Sie verstehn? Liebe in der Luft. Jetzt sind sie voneinander getrennt und haben sich verloren, Sie verstehn? Und Sie sind den weiten Weg von New Orleans hochgekommen, und alles, was Sie wissen, ist, daß ihre Mutter ein Foto-Atelier besitzt. Klar? Und das haben wir dann morgen in M. . . K. . .s Spalte in der Morgenzeitung. Okay?«

»Okay«, sagte ich. Ich warf einen letzten Blick auf die Beine und ging hinaus, als sie den Hörer abnahm. Da war ich nun im zweit- oder drittgrößten Ort von Texas, und die Stadt gehörte mir. Ich ging ein Stück weiter und in die nächste Kneipe . . .

Der Laden war ziemlich voll für diese Tageszeit. Ich setzte mich auf den einzigen leeren Barhocker. Das heißt, nein, da waren zwei leere Barhocker, auf jeder Seite von diesem großen Kerl einer. Der Kerl war vielleicht 25, eins dreiundneunzig und sicher niedliche 135 Kilo. Ich nahm einen von den Hockern und bestellte ein Bier; ließ das Bier runterzischen und bestellte noch eins.

»Seh ich gern, wenn einer so trinkt«, sagte der große Kerl. »Diese Tunten, die hier rumsitzen, nuckeln stundenlang an einem Bier rum. Seh ich gern, wie Sie sich benehmen, Fremder. Was machen Sie so und wo sind Sie her?«

»Ich mache gar nix«, sagte ich, »und bin aus Kalifornien.«

»Schon irgendwas vor?«

»Nein, noch nix. Schau erst mal so rum.«

Ich leerte mein zweites Bier zur Hälfte.

»Sie gefallen mir, Fremder«, sagte der große Kerl, »drum will ich Ihnen was anvertrauen. Aber ich werd's ganz leise sagen, denn ich bin zwar'n großer Kerl, aber die andern sind wohl doch'n bißchen in der Überzahl.«

»Schießen Sie los«, sagte ich und leerte mein zweites Bier.

Der große Kerl lehnte sich dicht an mein Ohr: »Texaner stinken«, flüsterte er. – Ich sah mich um und nickte dann ruhig, Ja. Als er mit seinem Schwinger fertig war, lag ich unter einem der Tische, an denen abends das Barmädchen bediente. Ich kroch drunter hervor, wischte mir den Mund mit einem Taschentuch, sah die ganze Kneipe lachen und ging hinaus . . .

Als ich wieder am Hotel war, konnte ich nicht hineinkommen. Eine Zeitung verklemmte die Tür, die nur einen Spalt auf war.

»Hey, lassen Sie mich rein«, sagte ich.

»Wer sind Sie?« fragte der Bursche.

»Ich wohne in 102. Ich habe eine Woche im voraus bezahlt. Bukowski ist mein Name.«

»Sie tragen doch keine Stiefel, was?« – »Stiefel? Was soll das?«

»Kommandotruppe.«

»Kommandotruppe? Was soll das?«

»Na, kommen Sie rein«, sagte er.


Nach kaum zehn Minuten in meinem Zimmer lag ich schon im Bett und hatte ringsum das Netz dichtgezogen. Das ganze Bett – und es war ein großes Bett mit einer Art Dach drüber – hatte rundherum jede Menge von diesem Musselinzeug. Ich zog es also rund um mich herum dicht und legte mich da drinnen hin, rings umgeben von diesem Netzgehänge. Ich kam mir ziemlich schwul vor, sowas zu machen, aber wie die Dinge lagen, dachte ich, na ja, ob du dir nun wie'n Schwuler vorkommst oder wie irgendwas anderes, spielt auch keine Rolle mehr. Und als wäre das nicht schon schlimm genug gewesen, wurde ein Schlüssel in die Tür gesteckt, und die Tür ging auf. Diesmal war es eine kleine, dicke Negerin mit einem recht freundlich dreinblickenden Gesicht und einem ungeheuer dicken Arsch.

Da war also dieses dicke, freundliche schwarze Mädchen und es zog mein Schwulennetz zurück und sagte: »Schatz, 's ist Zeit für neue Bettwäsche.« – Und ich sagte: »Aber ich bin doch erst gestern eingezogen.«

»Schatz, unser Wäschewechseln richtet sich doch nicht nach deinem Plan. Also heb deinen kleinen rosa Arsch mal da raus und laß mich meine Arbeit machen.«

»Ah-hm«, sagte ich und sprang aus dem Bett, splitternackt. Das schien keinen großen Eindruck auf sie zu machen.

»Du hast hier ja'n prima großes Bett, Schatz«, tat sie mir kund. »Du hast das beste Zimmer und Bett in diesem Hotel.«

»Wahrscheinlich hab ich Glück gehabt.«

Sie breitete das Bettlaken aus und zeigte mir immer ihren

Riesenarsch. Sie zeigte mir ihren Riesenarsch und dann drehte sie sich um und sagte: »Okay, Schatz, dein Bett ist fertig bezogen. Sonst noch was?«

»Na ja, so 12 bis 15 Flaschen Bier könnt ich brauchen.«

»Ich besorg sie dir. Muß nur erst das Geld haben.«

Ich gab ihr das Geld und dachte mir, na ja, das ist ja jetzt futsch. Schwul zog ich das Netz um mich zu und beschloß, die Sache wegzuschlafen. Aber das dicke schwarze Zimmermädchen kam wieder, und ich zog das Netz zurück, und da saßen wir und redeten und tranken Bier.

»Erzähl mir was von dir«, sagte ich.

Sie lachte und tat es. Ein leichtes Leben hatte sie natürlich nicht gehabt. Ich weiß nicht, wie lange wir tranken. Schließlich kletterte sie auf dieses Bett und schenkte mir einen der besten Ficks, den ich je hatte ...

Am nächsten Tag stand ich auf, ging die Straße runter und holte mir die Zeitung, und da stand es in der Klatschspalte. Mein Name war genannt. Charles Bukowski, Romanautor, Journalist, Reisender. Wir hatten uns im Flugzeug kennengelernt, die reizende junge Dame und ich. Und sie war in Texas ausgestiegen, und ich war nach New Orleans weitergeflogen, um etwas Geschäftliches zu erledigen. Aber die reizende junge Dame war mir nicht aus dem Sinn gegangen, und so war ich zurückgeflogen. Und alles, was ich von ihr wußte, war, daß ihre Mutter ein Foto-Atelier besaß.

Ich ging zurück zum Hotel, besorgte mir eine kleine Flasche Whisky und 5 oder 6 Flaschen Bier und konnte endlich *scheißen* – was für eine herrliche Sache! Vielleicht hat es an dem Zeitungsartikel gelegen.

Ich kletterte wieder hinter das Netz. Da klingelte das Telefon. Es war das Haustelefon. Ich langte hinaus und nahm ab.

»Sie werden verlangt, Mr. Bukowski; vom Herausgeber des ... Wollen Sie das Gespräch annehmen?«

»Na schön«, sagte ich. »Hallo?«

»Sind Sie Charles Bukowski?«

»Ja.«

»Was machen Sie denn in so einem Haus?«

»Wie meinen Sie das? Ich hab die Leute hier ganz nett gefunden.«

»Das ist doch das schlimmste Hurenhaus in der Stadt. Wir versuchen schon seit 15 Jahren, diesen Puff aus der Stadt zu kriegen. Wie sind Sie da bloß hingeraten?«

»Es war kalt. Ich bin einfach in das erstbeste Hotel gegangen. Ich war grade mit dem Bus angekommen, und es war kalt.«

»Sie sind mit dem Flugzeug angekommen. Wissen Sie nicht mehr?«

»Ach ja richtig.«

»Also gut, ich habe die Adresse der Dame. Wollen Sie sie haben?«

»Na schön, wenn's Ihnen nix ausmacht. Aber wenn Sie irgendwelche Vorbehalte haben, vergessen Sie's lieber.«

»Ich verstehe einfach nicht, wie Sie in so einem Haus absteigen können.«

»Also bitte, Sie sind Herausgeber der größten Zeitung in der Stadt und Sie telefonieren mit mir, und ich bin in einem texanischen Hurenhaus. Und nun mal folgendes – vergessen Sie's einfach. Die Dame hat geweint oder sowas. Das hat mir keine Ruhe gelassen. Ich werde einfach den nächsten Bus nehmen und aus der Stadt verschwinden.«

»Warten Sie!« – »Warten, wieso?«

»Ich gebe Ihnen ihre Adresse. Sie hat den Artikel gelesen. Sie hat zwischen den Zeilen gelesen. Sie hat mich angerufen. Sie möchte sich mit Ihnen treffen. Ich hab ihr nicht gesagt, wo Sie wohnen. Wir sind gastfreundliche Leute hier in Texas.«

»Ja, das hab ich gemerkt gestern; in einer von euern Kneipen.«

»Trinken tun Sie auch?«

»Ich trinke nicht nur, ich bin ein Säufer.«

»Ich glaube, ich sollte Ihnen die Adresse der Dame lieber doch nicht geben.«

»Dann vergessen Sie eben den ganzen Scheißkram«, sagte ich und legte auf . . .

Wieder klingelte das Telefon.
»Sie werden verlangt, Mr. Bukowski; vom Herausgeber des . . .«
»Stellen Sie ihn durch.«
»Hören Sie, Mr. Bukowski, wir brauchen eine Fortsetzung für die Story. Eine Menge Leute interessieren sich dafür.«
»Sagen Sie Ihrem Spaltenschreiber, er soll seine Phantasie ein bißchen spielen lassen.«
»Sagen Sie – eine Frage – was tun Sie eigentlich so, um Ihren Lebensunterhalt zu verdienen?«
»Ich tue gar nix.«
»Sie fahren einfach so in Bussen herum und bringen junge Damen zum Weinen?«
»Das kann schließlich nicht jeder.«
»Hörn Sie, ich riskier's halt. Ich gebe Ihnen ihre Adresse. Sie fahren hin und treffen sich mit ihr.«
»Vielleicht bin ich dabei derjenige, der was riskiert.«
Er gab mir die Adresse. »Soll ich Ihnen sagen, wie Sie da hinkommen?«
»Ach, lassen Sie nur. Wenn ich ein Hurenhaus finden kann, kann ich auch ihr Haus finden.«
»Sie haben etwas, was mir nicht gefällt an Ihnen«, sagte er.
»Vergessen Sie's. Wenn sie'n gutes Stück Arsch ist, ruf ich zurück.«
Ich legte auf . . .

Es war ein kleines braunes Haus. Eine alte Frau kam an die Tür.
»Ich suche Charles Bukowski«, sagte ich zu ihr. »Nein, Verzeihung«, verbesserte ich mich, »ich suche eine Gloria Westhaven.«
»Ich bin ihre Mutter«, sagte sie. »Sind Sie der Bursche aus dem Flugzeug?«

22

»Ich bin der Bursche aus dem Bus.«
»Gloria hat den Artikel gelesen. Sie hat sofort gewußt, daß
Sie das sind.«
»Fein. Und was machen wir jetzt?«
»Oh, treten Sie doch ein.«
Ich trat ein.
»Gloria!« rief die alte Frau.
Gloria kam heraus. Sie sah nach wie vor gut aus. Eben auch
eine von diesen gesunden rothaarigen Texanerinnen.
»Bitte, kommen Sie hier herein«, sagte sie. »Entschuldige
uns, Mutter.«
Sie führte mich in ihr Schlafzimmer, ließ aber die Tür auf.
Wir setzten uns, weit voneinander entfernt.
»Was machen Sie so?« fragte sie.
»Ich bin Schriftsteller.«
»Oh, wie schön! Und wo sind Sie veröffentlicht?«
»Ich bin nirgendwo veröffentlicht.«
»Dann sind Sie gewissermaßen gar kein richtiger Schrift-
steller.«
»Das ist richtig. Und ich wohne in einem Hurenhaus.«
»Was?«
»Ich sagte, Sie haben recht, ich bin kein richtiger Schrift-
steller.«
»Nein, ich meine das andere.«
»Ich wohne in einem Hurenhaus.«
»Wohnen Sie immer in Hurenhäusern?«
»Nein.«
»Wie kommt es, daß Sie nicht in der Armee sind?«
»Ich bin nicht durch die Musterung gekommen.«
»Sie machen Witze.«
»Nein, gottseidank mach ich keine.«
»Sie wollen nicht kämpfen?«
»Nein.«
»Pearl Harbor ist bombardiert worden.«
»Hab ich gehört, ja.«
»Und Sie wollen nicht gegen Adolf Hitler kämpfen?«
»Eigentlich nicht. Mir ist lieber, andere tun das.«

»Sie sind ein Feigling.«

»Ja, bin ich, und zwar nicht, weil es mir viel ausmachen würde, jemanden zu töten, sondern einfach weil ich nicht gern mit einem Haufen von schnarchenden Kerlen in einer Kaserne schlafe, um mich dann von irgendeinem geilen Schwachkopf mit dem Signalhorn wecken zu lassen. Außerdem trage ich dieses kratzige olivgrüne Khakizeug nicht gern. Meine Haut ist sehr empfindlich.«

»Na, wenigstens etwas, was empfindlich ist an Ihnen.«

»Ich selber bin's auch. Aber ich wünschte, es wär nicht meine Haut.«

»Vielleicht sollten Sie mit Ihrer Haut schreiben.«

»Vielleicht sollten Sie mit Ihrer Muschi schreiben.«

»Sie sind ekelhaft. Und feige. Jemand muß doch die faschistischen Horden zurückwerfen. Ich bin verlobt mit einem Oberleutnant zur See, und wenn der jetzt hier wäre, würde er Sie anständig verdreschen.«

»Würde er wohl; und mich würde das nur noch ekelhafter machen.«

»Jedenfalls würde es Sie lehren, in Anwesenheit von Damen ein Gentleman zu sein.«

»Wahrscheinlich haben Sie recht. Wenn ich Mussolini töten würde, wäre ich dann ein Gentleman?«

»Natürlich.«

»Ich werde mich sofort rekrutieren lassen.«

»Man hat Sie doch nicht gewollt. Wissen Sie nicht mehr?«

»Ach ja richtig.«

Lange saßen wir da und sagten nichts. Dann sagte ich: »Hören Sie, darf ich Sie etwas fragen?«

»Nur zu!« sagte sie.

»Warum haben Sie mich gebeten, mit Ihnen aus dem Bus zu steigen? Und warum haben Sie geweint, als ich es nicht tat?«

»Nun, das liegt an Ihrem Gesicht. Sie sind ein klein wenig häßlich, wissen Sie?«

»Ja, ich weiß.«

»Nun, es ist häßlich und auch tragisch. Dieses ›tragisch‹

wollte ich einfach nicht wahrhaben. Sie haben mir leid getan, und deswegen hab ich geweint. Wie ist Ihr Gesicht nur so tragisch geworden?«

»Ach du lieber Vater im Himmel«, sagte ich und dann stand ich auf und ging hinaus.

Ich ging den ganzen Weg bis zum Hurenhaus zurück. Der Bursche an der Tür kannte mich inzwischen.

»Hey, Champ, wo haben S'n die dicke Lippe her?«

»Was wegen Texas.«

»Texas? War'nse für oder gegen Texas?«

»Für Texas natürlich.«

»Sie lernen ja, Champ.«

»Ja, ich weiß.«

Ich ging nach oben und ans Telefon und ließ mich von dem Burschen unten mit dem Herausgeber der Zeitung verbinden.

»Hier ist Bukowski, mein Freund.«

»Sie haben die Dame angetroffen?«

»Ja, ich habe sie angetroffen.«

»Und wie ist die Sache gelaufen?«

»Prima. Wirklich prima. Ich muß 'ne Stunde auf ihr rumge-juckelt haben. Erzählen Sie das Ihrem Schreiber.«

Ich legte auf.

Ich ging nach unten und hinaus und fand dieselbe Kneipe wieder. Nichts hatte sich verändert. Der große Kerl war im-mer noch da, auf jeder Seite von ihm ein leerer Barhocker. Ich setzte mich und bestellte zwei Biere. Das erste ließ ich ohne abzusetzen runterzischen. Dann leerte ich das andere zur Hälfte.

»Ich erinnere mich an Sie«, sagte der große Kerl. »Was war das doch mit Ihnen?«

»Haut. Empfindlich.«

»Sie erinnern sich an mich?« fragte er.

»Ja, ich erinner mich an Sie.«

»Hätte nicht gedacht, daß Sie noch mal wiederkommen.«

»Ich bin aber wiedergekommen. Spielen wir das kleine Spiel?«

»Wir spielen hier keine Spiele in Texas, Fremder.«

»Ja?«

»Finden Sie immer noch, daß Texaner stinken?«

»Manche schon.«

Und wieder landete ich unterm Tisch. Ich kroch hervor, stand auf und ging hinaus. Ich ging zurück zu dem Hurenhaus.

Am nächsten Tag stand in der Zeitung, daß aus der Romanze nichts geworden sei. Ich sei abgeflogen nach New Orleans. Ich packte meinen Kram zusammen und ging runter zur Busstation. Ich fuhr nach New Orleans, besorgte mir ein Zimmer in einem anständigen Haus und saß da herum. Zwei Wochen hob ich die Zeitungsausschnitte noch auf, dann warf ich sie weg. Hätten Sie's nicht auch getan?

# Fünfzehn Zentimeter

Die ersten drei Monate meiner Ehe mit Sarah waren annehmbar, aber ich würde sagen, kurz darauf fingen unsere Schwierigkeiten an. Sie war eine gute Köchin, und zum erstenmal seit Jahren aß ich gut. Ich fing an zuzunehmen. Und Sarah fing an, Bemerkungen zu machen.
»Ah, Henry, du siehst schon bald aus wie'n Puter, den sie fürs Erntedankfest mästen.«
»Stimmt, Baby«, sagte ich zu ihr.
Ich arbeitete als Packer in einem Warenlager für Autoersatzteile, und die Bezahlung war kaum ausreichend. Meine einzigen Freuden waren Essen, Biertrinken und mit Sarah ins Bett zu gehen. Nicht gerade ein erfülltes Leben, aber man mußte nehmen, was man kriegen konnte. Sarah war schon viel. Alles an ihr schrieb sich S-E-X. Kennengelernt hatte ich sie bei einer Weihnachtsparty für die Beschäftigten des Lagerhauses. Sarah war da Sekretärin. Mir fiel auf, daß sich keiner von den Burschen auf der Party an sie ranmachte, und das konnte ich mir nicht erklären. Noch nie hatte ich eine Frau gesehen, die mehr Sex ausströmte, und sie spielte auch nicht die Spröde. Ich machte mich also ran an sie, und wir tranken und redeten. Sie war schön. Aber mit ihren Augen war irgendwas komisch. Die guckten einfach in einen hinein, ohne daß die Augenlider sich zu bewegen schienen. Als sie mal auf der Toilette war, ging ich zu Harry, dem Lkw-Fahrer.
»Sag ma' Harry«, fragte ich ihn, »wie kommt es eigentlich, daß keiner von den Jungens sich mal an Sarah dranmacht?«
»Das 'ne Hexe, Mensch, 'ne richtige Hexe. Laß die Finger da weg.«
»Es gibt keine Hexen, Harry. Das hat sich doch alles als Humbug erwiesen. Die ganzen Frauen, die sie früher auf'm Scheiterhaufen verbrannt haben, das war grausam und ein furchtbarer Irrtum. Sowas wie Hexen gibt's nich'.«
»Na ja, vielleicht haben se wirklich 'ne Menge Frauen irrtüm-

lich verbrannt, das kann ich nich' sagen. Aber hier die Schickse is'ne Hexe, glaub mir das.«

»Alles, was sie braucht, Harry, ist Verständnis.«

»Alles, was sie braucht«, sagte Harry, »ist ein Opfer.«

»Woher willst du das wissen?«

»Tatsachen«, sagte Harry. »Zwei Burschen hier. Manny, ein Verkäufer. Und Lincoln, einer vom Büro.«

»Und was war mit denen?«

»Sie sind einfach irgendwie verschwunden, vor unsern Augen, ganz langsam – man konnte zusehn, wie sie weniger wurden; bis sie weg waren . . .«

»Wie meinst du das?«

»Ich will nich' darüber sprechen. Du würdest mich für verrückt halten.«

Harry ging weg. Dann kam Sarah von der Toilette zurück. Sie sah schön aus.

»Was hat Harry dir erzählt über mich?« fragte sie.

»Wie kannst du wissen, daß ich mit Harry geredet habe?«

»Ich weiß es eben«, sagte sie.

»Viel hat er nicht gesagt.«

»Was er auch gesagt hat, vergiß es. Es ist Mist. Ich wollte ihn nicht ranlassen bei mir, und jetzt ist er eifersüchtig. Er redet gerne schlecht über andere Leute.«

»Harrys Ansichten kümmern mich nicht«, versicherte ich ihr.

»Du und ich, wir werden's schaffen, Henry«, sagte sie.

Nach der Party ist sie mit in mein Apartment gekommen, und ich kann euch sagen, so hat noch keine mit mir gevögelt. Sie war die Frau der Frauen. Ungefähr einen Monat später haben wir dann geheiratet. Sie hat sofort ihren Job aufgegeben, aber ich habe nichts gesagt, weil ich so froh war, daß ich sie hatte. Und sie hat sich ihre Kleider selber geschneidert und ihre Haare selber gemacht. Sie war eine erstaunliche Frau; eine sehr erstaunliche.

Aber wie gesagt, nach ungefähr 3 Monaten fing sie an, diese Bemerkungen über mein Gewicht zu machen. Zuerst waren es einfach nur nette kleine Spitzen, aber dann begann sie, einen verächtlichen Ton anzuschlagen. Eines Abends kam ich nach Hause, und sie sagte: »Zieh deine verdammten Klamotten aus!«

»Wie bitte, Liebling?«

»Du hast mich genau verstanden, du Saukerl! Runter mit den Klamotten!«

So hatte ich Sarah noch nie erlebt. Ich zog meine Sachen aus, auch die Unterwäsche, und warf sie auf das Sofa. Sie starrte mich an.

»Gräßlich«, sagte sie, »was für 'ne Menge Scheiße!«

»Was, Liebes?«

»Ich sagte, du siehst aus wie'n großer Kübel Scheiße!«

»Hör mal Schatz, was paßt dir nicht? Hast du deine Tage, oder was?«

»Schnauze! Guck dir mal dieses Zeug an, das da an deinen Seiten runterhängt!«

Sie hatte recht. Da schien an jeder Seite ein kleiner Fettwulst zu hängen, direkt über den Hüften. Dann ballte sie ihre Hände zu Fäusten und boxte mich mehrmals auf die Wülste.

»Wir müssen diese Scheiße zusammenboxen! Das Fettgewebe aufbrechen, die Zellen . . .«

Sie boxte mich wieder, mehrmals auf jede Seite.

»Au! Baby, das tut doch weh!!«

»Gut! So, nun schlag dich selber!«

»Ich soll mich selber schlagen?«

»Nu los schon, verdammt nochmal!«

Ich schlug mich ein paarmal selber, ziemlich fest. Als ich fertig war, waren die Dinger immer noch da, sahen jetzt allerdings ganz schön rot aus.

»Wir werden dir diese Scheiße runterholen«, verriet sie mir.

Ich hielt das für Liebe und beschloß mitzumachen . . .

Sarah fing an, meine Kalorien zu zählen. Sie nahm mir alles Gebratene weg, Brot, Kartoffeln, Salatsaucen, aber mein Bier behielt ich. Schließlich mußte ich ihr zeigen, wer bei uns im Haus die Hosen anhatte.

»Nein, verdammt nochmal«, sagte ich, »mein Bier geb ich nicht auf. Ich liebe dich sehr, aber das Bier bleibt!«

»Na schön«, sagte Sarah, »wir werden's trotzdem schaffen.«
»Was werden wir schaffen?«
»Ich meine, wir werden diese Scheiße abkriegen von dir, dich auf 'ne wünschenswerte Größe runterbringen.«
»Und was ist 'ne wünschenswerte Größe?« fragte ich.
»Das wirst du schon noch sehn.«


Jeden Abend, wenn ich nach Hause kam, stellte sie mir dieselbe Frage.
»Hast du dir heute die Seiten geboxt?«
»Oh, und wie!«
»Wie oft?«
»400 Schläge auf jede Seite; feste Schläge.«
Wenn ich auf der Straße ging, schlug ich mir auf die Seiten. Die Leute drehten sich um nach mir, aber das machte mir nichts aus, ich wußte ja, daß ich etwas erreichte und sie nicht . . .


Es funktionierte, wunderbar sogar. Von 112,5 Kilo kam ich runter auf 98,5. Dann von 98,5 auf 92. Ich fühlte mich um zehn Jahre jünger. Die Leute machten Bemerkungen, wie gut ich aussähe. Alle außer Harry, dem Lkw-Fahrer. Natürlich, der war bloß eifersüchtig, weil er nie in Sarahs Höschen reingekommen ist. Aber das war *sein* Bier.
Als ich mich eines Abends wog, war ich runter auf 89,5.
Ich sagte zu Sarah: »Meinst du nicht, daß wir genug runtergekommen sind? Guck mich an!«
Die Dinger an meinen Seiten waren längst nicht mehr da. Mein Bauch war eingefallen. Meine Backen sahen aus, als würde ich sie nach innen saugen.
»Nach den Tabellen«, sagte Sarah, »nach meinen Tabellen hast du eine wünschenswerte Größe noch nicht erreicht.«
»Hör mal«, sagte ich zu ihr, »ich bin einsdreiundachtzig groß. Was ist da das wünschenswerte Gewicht?«
Und darauf antwortete Sarah reichlich sonderbar:
»Ich habe nicht gesagt ›wünschenswertes Gewicht‹, ich habe

gesagt ›wünschenswerte Größe‹. Das ist das Neue Zeitalter, das Atomzeitalter, das Weltraumzeitalter und vor allem das Zeitalter der Überbevölkerung. Ich bin die Retterin der Welt. Ich habe die Antwort auf die Bevölkerungsexplosion. Mit der Umweltverschmutzung mögen sich andere beschäftigen. Die Beseitigung der Überbevölkerung, das ist die Wurzel; damit wird auch die Umweltverschmutzung beseitigt und vieles andere mehr.«

»Wovon, zum Teufel, redest du überhaupt?« fragte ich und riß den Deckel von einer Bierflasche.

»Sei unbesorgt«, antwortete sie, »du wirst es schon noch rauskriegen.«

Beim regelmäßigen Wiegen merkte ich dann langsam, daß ich, obwohl ich weiterhin abnahm, nicht mehr dünner zu werden schien. Das war seltsam. Und dann merkte ich, daß mir die Hosenaufschläge etwas zu tief über die Schuhe hingen – ein Ideechen nur; und daß mir die Hemdsärmel etwas zu tief über die Handgelenke gingen. Als ich zur Arbeit fuhr, merkte ich, daß das Lenkrad weiter weg zu sein schien. Ich mußte den Autositz ein Loch nach vorn ziehen.

Eines Abends wog ich mich wieder.

77,5.

»Guck ma' her, Sarah.«

»Ja, Liebling?«

»Ich versteh hier was nicht.«

»Was denn?«

»Ich scheine zu *schrumpfen*.«

»Zu schrumpfen?«

»Ja, zu schrumpfen.«

»Ach, du Dummkopf! Das gibt's doch gar nicht. Wie kann man denn schrumpfen? Glaubst du wirklich, daß dir durch deine Diät die Knochen schrumpfen? Knochen schmilzen doch nicht einfach zusammen! Weniger Kalorien, das führt doch lediglich zu Fettabbau. Fang nicht an zu spinnen! Schrumpfen? Unmöglich!«

Dann lachte sie.

»Na schön«, sagte ich, »komm her. Hier ist ein Bleistift. Ich stell mich jetzt an die Wand da. Meine Mutter hat das mit mir gemacht, als ich ein kleiner Junge war und noch wuchs. Jetzt machst du genau da einen Strich an die Wand, wo der Bleistift die Wand trifft, wenn du ihn mir grade auf den Kopf legst.«

»Na schön, du Dummchen«, sagte sie.

Sie machte den Strich.

Eine Woche später war ich runter auf 65,5. Es ging schneller und schneller.

»Komm her, Sarah.«

»Ja, mein Dummerchen.«

»Hier, mach mal den Strich.«

Sie machte den Strich. Ich drehte mich um.

»Jetzt sieh ma' her. Ich hab in der letzten Woche 12 Kilo und gut 20 Zentimeter verloren. Ich schmilze weg! Ich bin jetzt eins siebenundfünfzig groß. Das ist doch Wahnsinn! Wahnsinn! Mir reicht's. Ich hab dich dabei ertappt, wie du meine Hosen und Hemdsärmel kürzer gemacht hast. So geht das nicht weiter. Ich werde wieder zu essen anfangen. Ich glaube, du bist *wirklich* 'ne Art Hexe!«

»Ach, du Dummchen . . .«

Nicht lange danach ließ der Chef mich ins Büro kommen. Ich kletterte auf den Stuhl vor seinem Schreibtisch.

»Henry Markson Jones II?«

»Ja, Sir?«

»Sie *sind* doch Henry Markson Jones II?«

»Natürlich, Sir.«

»Nun, Jones, wir haben Sie sorgfältig beobachtet. Ich fürchte, Sie sind dieser Arbeit einfach nicht mehr gewachsen. Wir lassen Sie natürlich nur sehr ungern so gehen . . . ich meine, wir sehen es nicht gern, daß Sie so gehen, aber . . .«

»Hören Sie, Sir, ich tue immer mein Bestes.«

»Wir wissen, daß Sie das tun, Jones, aber Sie leisten da hinten einfach nicht mehr die Arbeit eines Mannes.«

Er entließ mich. Ich wußte natürlich, daß ich mein Arbeitslosengeld kriegen würde. Aber ich fand es kleinlich von ihm, mich einfach so zu entlassen . . .

Ich blieb zu Hause bei Sarah. Und was es schlimmer machte – sie ernährte mich. Es kam so weit, daß ich nicht mehr an den Griff der Kühlschranktür kam. Und dann legte sie mich an eine kleine Silberkette.

Bald war ich nur noch 60 Zentimeter groß. Zum Scheißen mußte ich auf einen Töpfchenstuhl klettern. Aber mein Bier ließ sie mich weiterhin trinken, sie hatte es ja versprochen.

»Ah, mein Schnuggelchen«, sagte sie, »wie süß du bist und niedlich!«

Auch mit unserem Liebesleben war nun Schluß. Alles war in der Proportion geschrumpft. Ich bestieg sie, aber nach einer Weile hob sie mich einfach weg und lachte.

»Ah, du hast's versucht, du süßer Racker du!«

»Ich bin kein Racker, ich bin ein *Mann*!«

»Oh, mein süßer kleiner Mannomann!«

Sie hob mich hoch und küßte mich mit ihren roten Lippen . . .

Sarah kriegte mich runter auf 15 Zentimeter. Wenn sie Einkaufen ging, steckte sie mich in ihre Handtasche. Durch die kleinen Luftlöcher, die sie in die Tasche gestochen hatte, konnte ich auf die Leute hinaussehen. Eins muß ich der Frau zugute halten – sie bewilligte mir immer noch mein Bier. Ich trank es aus dem Fingerhut. Eine Maß hätte mir einen Monat gereicht. Früher war sie in 45 Minuten weggewesen. Ich hatte resigniert. Ich wußte, daß sie mich gänzlich hätte verschwinden lassen können, wenn sie gewollt hätte. Besser 15 Zentimeter als gar nichts. Auch ein kleines Leben wird einem sehr lieb, wenn es dem Ende zugeht. Und so tat ich alles, um Sarah zu amüsieren. Mehr konnte ich nicht tun. Sie machte mir kleine Kleider und Schuhe und stellte mich aufs Radio und schaltete Musik ein und sagte dann: »Tanz, mein Kleiner! Tanz, mein Feiner! Tanz, mein Dummerjan!«

Nun, mein Arbeitslosengeld konnte ich nicht mehr holen, also tanzte ich auf dem Radio, während sie in die Hände klatschte und lachte.

Versteht sich, daß ich schreckliche Angst vor Spinnen hatte, und Fliegen waren groß wie riesige Adler, und wenn mich mal eine Katze erwischte, dann quälte sie mich wie eine Maus. Doch das Leben war mir immer noch lieb. Ich tanzte und sang und hielt durch. Wie wenig der Mensch auch haben mag, immer wird er merken, daß er sich mit noch weniger begnügen kann. Wenn ich auf den Teppich schiß, wurde ich versohlt. Sarah verteilte kleine Stücke Papier in der Wohnung, und auf diese schiß ich dann. Und von dem Papier riß ich mir kleine Stückchen ab, um mir den Hintern damit zu wischen. Wie Pappe fühlte sich das an. Ich bekam Hämorrhoiden. Konnte nachts nicht schlafen. Gefühle der Minderwertigkeit, des Eingesperrtseins. Paranoia? Aber wenn ich sang und tanzte und Sarah mich mein Bier trinken ließ, fühlte ich mich wohl. Sie hielt mich auf genau 15 Zentimetern. Warum sie das tat, war mir schleierhaft. Wie mir auch sonst fast alles schleierhaft war.

Ich ersann Lieder für Sarah, und so nannte ich sie auch: Lieder für Sarah:

»Ich bin halt nur ein kleiner Tropf
Und recht zufrieden, wie ihr seht.

Doch wenn mein Minischwänzchen steht,
Bleibt nur das Loch vom Nadelkopf!«

Sarah klatschte dann in die Hände und lachte.

»Willst Konteradmiral du sein
In der Königin Flottille,
Steig beim verfickten Spitzel ein
Und schrumpf zur Klopastille.
Dann wird die Königin pissen gehn,
Und du kannst 'ne tröpfelnde Muschi sehn . . .«

Und Sarah klatschte dann in die Hände und lachte. Na ja, das war in Ordnung; mußte in Ordnung sein . . .


Aber eines Abends passierte etwas sehr Ekelhaftes. Ich war am Singen und Tanzen, und Sarah lag auf dem Bett, nackt, klatschte in die Hände, trank Wein und lachte. Ich gab eine gute Vorstellung, eine meiner besten. Aber wie immer wurde das Radio oben heiß, und ich fing an, mir die Füße zu verbrennen. Ich konnte es nicht mehr aushalten.

»Hör mal, Baby«, sagte ich, »mir reicht's. Hol mich runter. Gib mir'n Bier. Keinen Wein. Du trinkst ja immer diese billige Pansche. Gib mir'n Fingerhut vom guten Bier.«

»Aber na sicher, Süßer«, sagte sie. »Deine Vorstellung heute abend war wunderschön. Wenn Manny und Lincoln sich so nett aufgeführt hätten wie du, würden sie heute abend hier sein. Aber sie haben nicht gesungen und nicht getanzt, sondern vor sich hingebrütet. Ihr größter Fehler war, daß sie was gegen den Schlußakt hatten.«

»Und was war das für'n Schlußakt?« fragte ich.

»Komm, Süßer, trink jetzt erst ma' dein Bier und ruh dich aus. Ich möchte, daß du ihn auch genießen kannst, den Schlußakt. Soweit ich sehe, bist du viel begabter als Manny oder Lincoln. Ich glaube, wir werden tatsächlich die Kulmination der Gegensätze erreichen.«

»Aber na klar«, sagte ich, mein Bier leerend. »So, nun gieß mir erst ma' nach. Und was soll das sein, die Kulmination der Gegensätze?«

»Genieß dein Bier, Schatzilein, du wirst es schon noch früh genug erfahren.«

Ich trank mein Bier aus, und dann geschah das Ekelhafte, das *über*aus Ekelhafte. Sarah hob mich auf und stellte mich unten zwischen ihre Beine, die sie ein klein wenig gespreizt hatte. Da blickte ich in einen Wald von Haaren. Ich machte meinen Rücken steif und spannte die Nackenmuskeln, denn ich ahnte, was kommen würde. Ich wurde in Dunkelheit und Gestank gestoßen. Ich hörte Sarah stöhnen. Dann fing Sarah an, mich langsam vor- und zurückzubewegen. Wie gesagt, der Gestank war unerträglich, das Atmen schwierig, aber irgendwie gab es Luft da drinnen – verschiedene Seitentaschen und Sauerstoffventilation. Ab und zu bumste mein Kopf – die obere Schädeldecke – an den Mann-im-Boot, und dann stöhnte Sarah jedesmal besonders verzückt.

Sarah fing an, mich schneller und schneller zu bewegen. Meine Haut fing an zu brennen, das Atmen wurde schwieriger, der Gestank schlimmer. Ich konnte sie keuchen hören. Mir kam der Gedanke, daß ich umso weniger leiden würde, je schneller ich die Sache beendete. Und so krümmte ich jedesmal, wenn ich hineingerammt wurde, Rücken und Nakken, bog mich in meiner ganzen Länge zu dieser Hakenkurve zusammen und rempelte dabei den Mann-im-Boot so rüpelhaft wie nur möglich.

Plötzlich wurde ich aus diesem grauenvollen Tunnel herausgerissen. Sarah hob mich an ihr Gesicht.

»Komm, du verdammtes Teufelsding! Komm!« forderte sie mich auf.

Wein und Leidenschaft hatten sie völlig betrunken gemacht.

Ich merkte, daß ich wieder in den Tunnel zurückgestoßen wurde. Schnell schob sie mich vor und zurück. Da holte ich plötzlich tief Luft, um mich größer zu machen, sammelte Speichel in meinen Backen und spuckte ihn aus, einmal, zweimal, 3 mal, 4, 5, sechsmal, dann hörte ich auf . . . der Gestank wurde unvorstellbar, und dann, endlich, wurde ich herausgeholt und in die Luft gehoben.

Sarah hob mich ins Lampenlicht und fing an, mir Kopf und Schultern abzuküssen.

»Oh, mein Liebster! Oh, mein allerliebster kleiner Schwanz! Ich liebe dich!«

Dann küßte sie mich mit diesen gräßlich roten und angemalten Lippen. Ich übergab mich. Dann, erschöpft von Wein und Leidenschaft, legte sie mich zwischen ihre Brüste und verlor das Bewußtsein. Dort ruhte ich aus und horchte auf ihren Herzschlag. Die verdammte Leine, diese Silberkette, hatte sie mir abgenommen, aber das machte keinen großen Unterschied. Frei war ich noch lange nicht. Eine von ihren massigen Brüsten war zur Seite gefallen, und anscheinend befand ich mich direkt über dem Herzen; dem Herzen der Hexe. Wenn ich die Antwort auf die Bevölkerungsexplosion sein sollte, warum hatte sie mich dann nicht zu mehr als nur zu ihrer Unterhaltung benutzt? Warum war ich dann nur ein Ding, ein sexuelles Spielzeug für sie gewesen? Ich streckte mich dort aus und horchte auf dieses Herz. Ich kam zu der Überzeugung, daß sie eine Hexe war. Dann blickte ich nach oben. Wißt ihr, was ich da sah? Etwas sehr Erstaunliches. Oben in einer kleinen Ritze im Kopfbrett. Eine Hutnadel. Ja, da steckte eine Hutnadel, lang und mit so einem runden purpurnen Glasding am Ende. Ich ging zwischen ihren Brüsten hoch, stieg über ihren Hals, kletterte auf ihr Kinn (was mich einige Mühe kostete), trat dann leise über ihre Lippen, und da regte sie sich ein wenig, so daß ich fast gestürzt wäre und mich an einem Nasenloch festhalten mußte. Ganz sachte ging ich am rechten Auge vorbei nach oben – ihr Kopf war leicht nach links gedreht – und dann war ich auf der Stirn, hatte die Schläfe hinter mir, und hinein ging es ins Haar, und es war verdammt nicht leicht, da durchzukommen. Dann richtete ich mich auf und reckte mich und langte hinauf und ganz knapp kriegte ich diese Nadel zu fassen. Der Abstieg ging schneller, war aber verräterischer. Da ich diese Hutnadel schleppen mußte, hätte ich ein paarmal fast das Gleichgewicht verloren. Ein Sturz, und es wäre aus gewesen. Mehrmals lachte ich, weil es so lächerlich war. Das Endergebnis einer Büroparty für die ganze Bande, Fröhliche Weihnachten.

Dann war ich wieder unten unter dieser massigen Brust. Ich legte die Hutnadel hin und horchte wieder. Ich horchte, von wo genau der Herzton herkam. Ich gelangte zu dem Schluß, daß das Herz an einer Stelle genau unterhalb eines kleinen braunen Muttermals liegen mußte. Dann stand ich auf. Ich hob die Hutnadel auf, an deren Ende die purpurne Glaskugel wunderschön im Lampenlicht leuchtete. Wird es klappen? dachte ich. Ich war 15 Zentimeter groß und schätzte, daß die

Hutnadel um die Hälfte länger war als ich, also 22,5 Zentimeter. So tief würde das Herz wohl nicht liegen.

Ich hob die Nadel und senkte sie hinein, direkt unterhalb des Muttermals.

Sarah wälzte sich zur Seite und wand sich in Krämpfen. Ich hielt mich an der Hutnadel fest. Fast hätte sie mich auf den Fußboden geschleudert – was mich umgebracht hätte, denn im Verhältnis zu meiner Größe lag er mindestens 35 Meter unter mir. Ich hielt mich fest. Ihre Lippen brachten einen sonderbaren Laut hervor.

Ich langte hinauf und stieß ihr die restlichen 7,5 Zentimeter in die Brust, bis der schöne purpurne Glaskopf der Nadel an ihrer Haut war.

Dann regte Sarah sich nicht mehr. Ich horchte.

Ich hörte das Herz, einz-zwei, eins-zwei, eins-zwei, eins-zwei, eins . . .

Es blieb stehen.

Und dann schnappte und packte ich mir mit meinen kleinen Killerhänden das Bettlaken und ließ mich daran auf den Fußboden hinab. Ich war 15 Zentimeter groß und lebend und verängstigt und hungrig. In einem der Fliegenfenster des Schlafzimmers, die nach Osten gingen und von der Decke bis zum Fußboden reichten, fand ich ein Loch. Ich griff nach dem Ast eines Busches, hangelte mich daran weiter und verschwand in dem Busch. Außer mir wußte niemand, daß Sarah tot war. Doch davon hatte ich keinen wirklichen Nutzen. Wenn ich weitermachen wollte, mußte ich etwas zu essen haben. Trotzdem drängte sich mir immer wieder die Frage auf, wie man meinen Fall vor Gericht beurteilen würde. War ich schuldig? Ich riß ein Blatt ab und versuchte es zu essen. Nicht gut. Wirklich nicht. Dann sah ich, daß die Hausfrau in dem Hof auf der Südseite ihrer Katze einen Napf mit Katzenfutter hinstellte. Ich krabbelte aus dem Busch und schlich mich zu dem Katzenfutter, wobei ich sorgfältig auf etwaige Tiere oder Bewegungen achtete. Es schmeckte schlechter als alles, was ich je gegessen hatte, aber es blieb mir keine Wahl. Ich aß von dem Katzenfutter so viel ich konnte – der Tod schmeckte noch schlechter. Dann ging ich zu dem Busch zurück und kletterte wieder in ihn hinein.

Da war ich also, 15 Zentimeter groß, die Antwort auf die Bevölkerungsexplosion, und hing mit einem Bauch voll Katzenfutter in einem Busch.

Es gibt noch ein paar Einzelheiten, mit denen ich euch aber nicht langweilen will. Knappe Fluchten vor Katzen, Hunden und Ratten. Das Gefühl, größer zu werden. Wie ich den Abtransport von Sarahs Leiche beobachtete; und wie ich dann da hineingegangen bin und feststellen mußte, daß ich immer noch zu klein war, um die Kühlschranktür aufzukriegen.

Der Tag, an dem die Katze mich fast geschnappt hätte, als ich aus ihrem Napf aß. Ich mußte mich losreißen.

Ich war da schon 20 bis 25 Zentimeter groß. Ich wuchs. Ich konnte sogar schon Tauben erschrecken. Wenn man Tauben erschrecken kann, weiß man, daß man vorwärtskommt. Eines Tages lief ich einfach die Straße entlang, immer in Häuserschatten, unter Hecken und dergleichen geduckt. So gelangte ich vor einen Supermarkt und versteckte mich dort unter einem Zeitungsstand direkt vor dem Eingang. Dann, als eine große Frau herankam und die elektrische Tür aufging, bin ich hinter ihr mit hineingehuscht. Einer der Angestellten an einem Packtisch blickte auf, als ich hinter der Frau hereinmarschiert kam.

»Hey, was'n das da?«

»Was?« fragte ihn ein Kunde.

»Ich dachte, ich hätte was gesehn«, sagte der Angestellte, »na ja, vielleicht auch nicht; hoffen wir's.«

Irgendwie konnte ich mich nach hinten in den Lagerraum schleichen, ohne entdeckt zu werden. Ich versteckte mich hinter ein paar Kartons Fertigbohnen. Nach Feierabend bin ich dann herausgekommen und habe anständig gefuttert. Kartoffelsalat, saure Gurken, Schinken mit Vollkornbrot, Kartoffelchips und Bier, viel Bier. So ähnlich ging's jeden Tag. Tagsüber hielt ich mich im Lagerraum versteckt und nachts kam ich dann heraus und lebte aus dem vollen. Aber ich wurde größer, und es war nicht mehr so einfach, sich zu verstecken. Ich begann den Geschäftsführer dabei zu beobachten, wie er jeden Abend das Geld in den Safe tat. Er ging als letzter. Ich zählte die Pausen, wenn er allabendlich den Safe öffnete. Anscheinend eine 7 rechts, 6 links, 4 rechts, 6 links, 3 rechts: auf. Jeden Abend ging ich zu dem Safe und probierte die Zahlen. Ich mußte mir aus leeren Kartons eine Art Treppe bauen, um an den Zahlenkranz heranzukommen. Es wollte und wollte nicht klappen, aber ich versuchte es immer wieder; jede Nacht, meine ich. Inzwischen wurde ich schnell größer. Ich war vielleicht so 90 Zentimeter groß. Der Supermarkt hatte eine kleine Konfektionsabteilung, und immer wieder mußte ich zur nächst größeren Nummer greifen. Das Bevölkerungsproblem tauchte wieder auf. Dann ging eines Nachts der Safe auf. Ich hatte 23 Tausend Dollar in bar. Wahrscheinlich hatte ich genau den richtigen Zeitpunkt getroffen. Einen Tag später, und sie hätten das Geld auf die Bank gebracht. Ich nahm den Schlüssel, den der Geschäftsführer benutzte, um hinauszukommen, ohne daß die Alarmanlage losklingelte. Dann ging ich die Straße hinunter und mietete mich erst mal für eine Woche im Sunset Motel ein. Der Empfangsdame sagte ich, ich würde als Zwerg arbeiten, beim Film. Es schien sie nur zu langweilen.

»Kein Fernsehn oder Krach nach 22 Uhr. Das ist hier Hausordnung.«

Sie nahm mein Geld, gab mir eine Quittung und schloß die Tür hinter sich.

Laut Schlüssel hatte ich Zimmer 103. Ich hatte mir das Zimmer nicht einmal angesehen. Auf den Türen stand 98, 99, 100, 101, und ich ging nach Norden in Richtung der Hollywood Hills und der Berge dahinter, das goldene Licht des Herrn leuchtend und groß auf mir, der ich wuchs.

# Die Fickmaschine

Es war ein heißer Abend im Tony's. An Ficken dachte man nicht mal, nur an kühles Bier. Tony ließ zwei runterschliddern für Indianer-Mike und mich, und Mike hatte das Geld schon in der Hand. Ich ließ ihn die erste Runde zahlen. Tony ließ die Kasse klingeln, gelangweilt, sah sich um – noch 5 oder sechs andere, die in ihr Bier starrten. Schwachköpfe. Also kam Tony zu uns runter.

»Was gibt's Neues, Tony?« fragte ich.

»Ach, Scheiße«, sagte Tony.

»Das is' ja nu nix Neues.«

»Scheiße«, sagte Tony.

»Ach Scheiße«, sagte Indianer-Mike.

Wir tranken unser Bier.

»Was hältst du vom Mond?« fragte ich Tony.

»Scheiße«, sagte Tony.

»Ja«, sagte Indianer-Mike, »wenn einer hier auf der Erde 'n Arschloch ist, ist er auch auf'm Mond 'n Arschloch. Kommt aufs gleiche raus.«

»Auf'm Mars soll's kein Leben geben, heißt es«, sagte ich.

»Na und?« sagte Tony.

»Oh Scheiße«, sagte ich. »Noch 2 Bier.«

Tony ließ sie runterschliddern und kam dann nach, um sein Geld zu holen. Ließ es in die Kasse klimpern. Kam zurück.

»Scheiße, ist das heiß. Ich wünschte, ich wär toter als das Genexol von gestern.«

»Wo kommt der Mensch hin, wenn er stirbt, Tony?«

»Scheiße. Wen kümmert das?«

»Glaubst du nicht an den unsterblichen Geist des Menschen?«

»Gequirlte Kacke!«

»Was ist mit Che? Johanna von Orleans? Billy the Kid und all denen?«

»Gequirlte Kacke!«

Wir tranken unser Bier und dachten darüber nach.

»Tja«, sagte ich, »ich muß ma' pissen.«

Ich ging nach hinten zur Toilette, und wie üblich war da Petey-die-Eule.

Ich holte ihn raus und fing an zu pissen.

»Du hast bestimmt 'n kleinen Pimmel«, frotzelte er mich an.

»Wenn ich pisse oder meditiere, ja. Aber ich bin 'n sogenannter Super-stretch-Typ. Wenn ich abfahre, kommen auf jeden Zentimeter, den ich jetzt habe, sechs.«

»Das is' ja dann ganz gut; falls du mir nix vormachst. Denn jetzt seh ich schon 5 Zentimeter.«

»Ich laß aber nur den Kopf sehn.«

»Du kriegst 'n Dollar, wenn du mich deinen Schwanz lutschen läßt.«

»Das is' nich' viel.«

»Du läßt mehr sehn als den Kopf. Du zeigst jedes Fitzelchen her von dei'm Schwengel.«

»Ach, fick dich selber, Pete.«

»Wenn dein Biergeld alle is', wirst du schon wiederkommen.«

Ich ging zurück an die Theke.

»Noch zwei Bier«, bestellte ich.

Tony machte seine Routinehandgriffe. Kam zurück.

»Die Hitze ist zum Verrücktwerden«, sagte er.

»Die Hitze läßt dich nur dein wahres Selbst erkennen«, verriet ich Tony.

»Mal sachte! Willst du sagen, ich bin verrückt?«

»Sind wir doch fast alle. Aber das wird geheimgehalten.«

»Na schön, du sagst deine gequirlte Kacke wenigstens ehrlich. Und wieviel Normale gibt's dann auf der Erde? Gibt's überhaupt welche?«

»Ein paar wenige.«

»Wieviel?«

»Von den Milliarden?«

»Ja, ja.«

»Na, so 5 oder sechs, würd ich sagen.«

»5 oder 6?« sagte Indianer-Mike. »Na, dann lutsch meinen Schwanz!«

»Aber«, sagte Tony, »woher will man *wissen,* daß ich verrückt bin? Und wieso läßt man uns dann frei rumlaufen?«

»Na wir sind eben alle verrückt, und deswegen gibt es nur wenige, die uns kontrollieren können, viel zu wenige, und folglich lassen sie uns einfach verrückt rumlaufen. Mehr können sie momentan nicht machen. 'ne Weile hab ich gedacht, sie suchen sich vielleicht irgendwo im Weltraum 'ne Stelle, wo sie leben können, während sie uns vernichten. Aber ich weiß jetzt, daß die Verrückten auch den Weltraum kontrollieren.«

»Und woher weißt du das?«

»Na haben se nich' auf'm Mond die amerikanische Fahne aufgestellt?«

»Und angenommen, die Russen hätten ihre Fahne auf'm Mond aufgestellt?«

»Das wär dasselbe.«

»Dann bist du unparteiisch?« fragte Tony.

»Ich bin unparteiisch bis zum Wahnsinn jeden Grades.«

Wir wurden still. Tranken weiter. Und auch Tony begann sich einzugießen, Scotch mit Wasser. Er *konnte* das. Es war *sein* Laden.

»Gott, ist das heiß«, sagte Tony.

»Scheiße, ja«, sagte Indianer-Mike.

Dann begann Tony zu sprechen. »Wahnsinn«, sagte er, »wißt ihr, daß sich jetzt in *diesem* Augenblick etwas sehr Wahnsinniges abspielt?«

»'türlich«, sagte ich.

»Nein, nein, nein . . . ich meine HIER, in diesem Haus!«

»Ja?«

»Ja. Es ist so irre, daß ich manchmal Angst kriege.«

»Das mußt du mir erzählen, Tony, ausführlich«, sagte ich, immer aufgeschlossen für anderer Leute Schwachsinn.

Tony beugte sich nahe zu uns. »Ich kenn da einen, der hat 'ne Fickmaschine. Kein so'n blöder Scheiß wie in diesen Annoncen von den Nackedeiheften. Wärmflaschen mit ersetzbaren Cornedbeefmösen und so'n Quatsch. Der Typ hat wirklich was Tolles zusammengebastelt. 'n deutscher Wissenschaftler, wir haben ihn gekascht, das heißt, unsere Regierung hat das gemacht, bevor die Russen sich ihn schnappen konnten. Und jetzt müßt ihr dichthalten . . .«

»Na klar, Tony, bestimmt.«

»Von Braschlitz. Unsere Regierung hat versucht, ihn für den WELTRAUM zu gewinnen. Nix zu machen. Ein hervorragender alter Knacker, aber er hat eben nur diese FICKMASCHINE im Kopf. Außerdem hält er sich für 'ne Art Künstler, manchmal nennt er sich Michelangelo . . . Sie haben ihm also 'ne Pension bewilligt, 500 Dollar im Monat, damit er sich so weit über Wasser halten kann, daß er nicht in irgendwelche Klapsmühlen kommt. 'ne Zeitlang haben sie ihn noch beobachtet, dann ist ihnen das zu blöd geworden oder sie haben ihn vergessen, aber die Schecks hat er regelmäßig weiter gekriegt, und ab und zu, vielleicht zehn oder zwanzig Minuten im Monat, hat ein Agent mit ihm geredet und in seinen Bericht geschrieben, er sei immer noch verrückt, und dann ist er wieder verschwunden. Von Braschlitz ist also einfach von Stadt zu Stadt gegondelt, immer diesen großen roten Koffer mit sich rumschleppend. Eines Abends schließlich kommt er hier rein und fängt an zu trinken. Erzählt mir, daß er nichts weiter ist als ein müder alter Mann, der ein wirklich stilles Plätzchen braucht, um seinen Forschungen nachgehen zu können. Ich hab immer wieder versucht, ihn abzuwimmeln. Ihr wißt ja, was hier alles so auftaucht an Spinnern.«

»Ja«, sagte ich.

»Ja, Mann, und der Bursche wird langsam so richtig schön besoffen und fängt an zu plaudern. Er hätte 'ne mechanische Frau konstruiert, die einem Mann einen besseren Fick geben könne als jede andere im Laufe der Jahrhunderte erschaffene Frau! Und ganz ohne Genexol und so'n Scheiß, ohne Streitereien!«

»So 'ne Frau«, sagte ich, »hab ich schon mein ganzes Leben gesucht.«

Tony lachte. »Das hat wohl jeder Mann. Ich dachte natürlich, der spinnt doch, bis ich eines Tages nach Feierabend mit ihm in seine Pension gegangen bin und er die FICKMASCHINE aus dem roten Koffer geholt hat.«

»Und?«

»Es war wie in den Himmel kommen, bevor man stirbt.«

»Den Rest laß mich raten«, bat ich Tony.

»Na, dann rate.«

»Von Braschlitz und seine FICKMASCHINE sind in diesem Augenblick bei dir oben.«

»Ah-hm«, machte Tony.

»Wieviel?«

»20 Piepen die Nummer.«

»20 Piepen, um 'ne Maschine zu ficken?«

»Er hat übertroffen, was uns erschuf. Du wirst sehn.«

»Petey-die-Eule bläst mir einen für'n Dollar.«

»Petey-die-Eule ist ja ganz gut, aber er is' noch lange keine Erfindung, die die Götter schlägt.«

Ich schob meinen Zwanziger hin.

»Also das versprech ich dir, Tony, wenn das jetzt wieder irgend so'n verrückter Heißwetterwitz wird, dann hast du deinen besten Gast verloren!«

»Wie du ja selber schon gesagt hast – wir sind sowieso alle verrückt. Es liegt ganz bei dir.«

»Richtig«, sagte ich.

»Richtig«, sagte Indianer-Mike, »und hier sind meine 20.«

»Damit ihr nix Falsches denkt, ich krieg nur 50 Prozent. Der Rest geht an von Braschlitz. 500 Eier Pension sind nicht viel bei der Inflation und den Steuern, und von B. säuft Schnaps wie verrückt.«

»Na also los dann«, sagte ich. »Die Kohle hast du gekriegt. Wo ist jetzt diese unsterbliche FICKMASCHINE?«

Tony klappte ein Stück von der Bar hoch und sagte: »Kommt hier durch. Nehmt die Treppe, die nach hinten geht. Die geht ihr einfach hoch, klopft an und sagt, ›Wir kommen von Tony‹.«

»Irgend 'ne Türnummer?«

»Tür Nummer 69.«

»Ach du Scheiße, ja«, sagte ich, »was noch?«

»Ach du Scheiße, ja«, sagte Tony, »vergeßt eure Eier nicht.«

Wir fanden die Treppe. Gingen hinauf. »Für'n blöden Witz ist Tony zu allem fähig«, sagte ich.

Wir gingen an Türen vorbei. Da war sie: Tür Nr. 69.

Ich klopfte an: »Wir kommen von Tony.«

»Ah, nur herein, die Herren!«

Da war sie also, diese alte Mißgeburt von geilem Bock, in der Hand ein Glas Schnaps, auf der Nase eine Bifokalbrille. Genau wie in den Filmen der guten alten Zeit. Er schien Besuch zu haben, ein junges Ding, ein bißchen sehr jung sah es aus, zart und kräftig zugleich.

Sie schlug die Beine übereinander und ließ die Sächelchen aufblitzen: Nylonknie, Nylonoberschenkel und ganz knapp dieses winzige Stück, wo die langen Strümpfe enden und ein Streifchen nacktes Fleisch beginnt. *Alles* an ihr war Arsch und Busen, Nylonbeine, klarblaue Augen . . .

»Meine Herren, – meine Tochter Tanja . . .«

»Was?«

»Ah ja, ich weiß, ich bin so . . . alt . . . aber wie es das Märchen von den Negern gibt, die ständig einen riesigen Riemen haben, so gibt es auch das Märchen von den dirty old Germans, die nie aufhören zu ficken. Denken Sie, was Sie wollen, dies ist jedenfalls meine Tochter Tanja . . .«

»Hallo, Jungs«, lachte sie.

Dann blickten wir alle auf die Tür, auf der geschrieben stand: FICKMASCHINENRAUM.

Er kippte seinen Schnaps.

»So, Jungs, – ihr wollt also den besten FICK aller Zeiten erleben, ja?«

»Papa!« sagte Tanja. »Mußt du immer so *plump* sein?«

Tanja wechselte die übereinandergeschlagenen Beine, höher diesmal, und fast wär's mir gekommen.

Der Professor kippte den nächsten Schnaps hinunter, stand dann auf und ging zu der Tür, auf der FICKMASCHINENRAUM stand. Er drehte sich um, lächelte uns an und öffnete dann sehr langsam die Tür. Er ging hinein und schob, als er herauskam, dieses Ding vor sich her, das aussah wie ein Krankenhausbett auf Rädern.

Es war NACKT, ein Metallklumpen.

Der Professor rollte das verdammte Ding vor uns hin und fing dann an, irgendein schmutziges Lied zu singen, wahrscheinlich etwas Deutsches.

Ein Metallklumpen mit diesem Loch in der Mitte. Der Professor hatte ein Ölkännchen in der Hand und steckte es in das Loch, und fing an, eine ganze Menge Öl in das Loch zu drücken, wobei er dieses kaputte deutsche Lied vor sich hinsummte.

Immer weiter drückte er Öl hinein, dann blickte er über die Schulter zurück und sagte, »Hübsch, was?«, um sich dann erneut ans Werk zu machen und Öl hineinzuspritzen.

Indianer-Mike sah mich an, versuchte zu lachen und sagte: »Gottverdammich . . . wir sind wieder geleimt worden!«

»Ja«, sagte ich. »Ich glaube, es sind 5 Jahre vergangen seit meinem letzten Stoß, aber verflucht soll ich sein, wenn ich meinen Schwanz in diesen harten Klumpen Blei stecke!«

Von Braschlitz lachte. Er ging zu seinem Schnapsschrank, fand eine weitere Flasche Schnaps, goß sich einen ein, nicht zu knapp, und setzte sich hin, um uns zu betrachten.

»Als uns in Deutschland langsam klar wurde, daß der Krieg verloren war und daß das Netz sich immer enger zusammenzog – bis zum Endkampf in Berlin –, begriffen wir, daß der Krieg ein völlig anderes Gesicht angenommen hatte – der Krieg ging jetzt im Grunde nur noch darum, wer sich die meisten deutschen Wissenschaftler schnappen würde. Rußland oder Amerika – wer die meisten deutschen Wissenschaftler hatte, der würde zuerst auf dem Mond sein, zuerst auf dem Mars sein, der würde *überall* zuerst sein. Nun, ich weiß nicht, wie das dann ausging . . . zahlenmäßig oder in Begriffen von Cerebralpotential, ich weiß nur, daß zu *mir* zuerst die Amerikaner kamen, mich festnahmen, mich mit einem Auto irgendwo hinbrachten, mir Schnaps gaben, mir Pistolen an den Kopf setzten, mir Versprechungen mach-

ten und wahnsinnig auf mich einredeten. Ich unterschrieb
alles . . .«

»Na schön«, sagte ich, »soviel zur Geschichte. Aber meinen
Schwanz, meinen armen kleinen Pimmel werd ich trotzdem
nicht in den Eisenbrocken da stecken, oder was das ist! Hitler
muß wirklich ein Wahnsinniger gewesen sein, daß er Sie
großgepäppelt hat. Ich wünschte, zuerst hätten die Russen
Sie an den Arsch gekriegt! Ich will meine Kohlen zurück!«
Von Braschlitz lachte: »Hiiihiiihiiihi . . . is' doch alles nur 'n
kleiner Scherz von mir, woll? Hiiihiiihiiihiii!«
Er schob diesen Bleiklumpen zurück ins Nebenzimmer.
Knallte die Tür zu. »Oh, hihihiii!« Kippte den nächsten
Schnaps. – Von B. goß sich erneut ein. Er schüttete den
Schnaps so richtig runter. »Meine Herren, ich bin Erfinder
*und* Künstler! Meine FICKMASCHINE ist in Wirklichkeit
meine Tochter Tanja . . .«
»Noch mehr kleine Scherze, Herr Von?« fragte ich.
»Scherze? Von wegen! Tanja! Geh und setz dich dem Herrn
da auf den Schoß!«
Tanja lachte, stand auf, kam zu mir und setzte sich auf mei-
nen Schoß. FICKMASCHINE? Ich konnte das nicht glauben.
Ihre Haut war Haut, oder so schien es wenigstens, und ihre
Zunge war durchaus nicht mechanisch, als sie sich beim Küssen in meinen Mund schob – jede Bewegung war anders, war
eine Antwort auf meine Zunge.
Ich ging fleißig ran, riß ihr die Bluse von den Brüsten, arbeitete an ihrem Höschen – so scharf war ich seit Jahren nicht
mehr gewesen –, und dann waren wir zusammengekuppelt.
Irgendwie brachten wir es fertig aufzustehen – und beim Aufstehen nahm ich sie richtig, meine Hände zogen an ihrem langen blonden Haar, den Kopf riß ich ihr zurück, dann griff ich
nach unten, zog ihr das Arschloch auseinander beim Pumpen,
sie kam – ich konnte das Zucken fühlen, und dann kam auch
ich.
Es war der beste Fick, den ich *je* hatte!
Tanja ging ins Badezimmer, wusch sich und duschte und zog
sich wieder an. Für Indianer-Mike. Dachte ich.

»Die größte Erfindung des Menschen«, sagte von Braschlitz einigermaßen ernst.

Er hatte völlig recht.

Dann kam Tanja heraus und setzte sich auf MEINEN Schoß.

»NEIN! NEIN! TANJA! DER ANDERE IST JETZT DRAN! DEN DA *HAST* DU DOCH GRADE GE-FICKT!«

Sie schien nicht zu hören. Und das war merkwürdig, sogar für eine FICKMASCHINE, denn ein besonders guter Liebhaber war ich eigentlich nie gewesen.

»Liebst du mich?« fragte sie.

»Ja.«

»Ich liebe dich. Und ich bin so glücklich. Und . . . eigentlich soll ich gar nicht lebendig sein. Das weißt du doch, nicht?«

»Ich liebe dich, Tanja, das ist alles, was ich weiß.«

»Himmelsakrakruzitürken!« schrie der alte Mann. »Diese VERFICKTE MASCHINE!« Er ging zu einem lackierten Kasten, auf dessen Seite in Druckschrift das Wort TANJA stand. Und kleine Drähte sprießten daraus hervor, und Skalen und zitternde Nadeln und viele Farben gab es, Lämpchen blinkten, Zähler tickten . . . von B. war der verrückteste Zuhälter, der mir je begegnet war. Er drehte und drehte an Knöpfen und Schaltern und sah dann Tanja an:

»25 JAHRE! Fast eine ganze Generation hab ich an dir gebaut! Sogar vor HITLER mußte ich dich verstecken! Und jetzt . . . jetzt versuchst du dich einfach in eine ganz gewöhnliche ordinäre Nutte zu verwandeln!«

»Ich bin nicht 25«, sagte Tanja, »ich bin 24.«

»Siehst du? Siehst du? Genau wie eine ganz gewöhnliche Nutte!«

Er ging zurück zu seinen Skalen und Knöpfen.

»Du hast jetzt einen andern Lippenstift drauf«, sagte ich zu Tanja.

»Gefällt er dir?«

»Oh, ja!«

Sie beugte sich vor und küßte mich.

Von B. spielte weiter mit seinen Knöpfen. Ich hatte das Gefühl, daß er gewinnen würde.

Von Braschlitz wandte sich an Indianer-Mike: »'s ist nur'n kleiner Defekt in der Maschine. Haben Sie Vertrauen zu mir. In einer Minute hab ich das behoben, ja?«

»Hoffentlich«, sagte Indianer-Mike. »Ich hab hier nämlich 35 Zentimeter, die warten, und außerdem bin ich noch 20 Piepen losgeworden.«

»Ich liebe dich«, ließ Tanja mich wissen, »und nie werd ich mit einem andern Mann ficken. Wenn ich dich nicht haben kann, will ich auch keinen andern haben.«

»Tanja, schon jetzt vergebe ich dir alles, was du tust.«

Der Professor fing an besoffen zu werden. Verzweifelt fummelte er an seinen Knöpfen herum, aber nichts geschah.

»TANJA! Es wird Zeit, daß du den ANDERN FICKST! Langsam werd ich ... müde ... muß'n bißchen Schnaps haben ... schlafen gehn ... Tanja ...«

»Ach, du mieser alter Ficker!« sagte Tanja. »Du und dein Schnaps, und dann die ganze Nacht an meinen Titten rumnibbeln, daß ich kein Auge zukriege! Und dabei kriegst du noch nicht mal 'n anständigen Steifen! Du bist ekelerregend!«

»WAS?«

»ICH SAGTE, ›DU KRIEGST NOCH NICHT MAL 'N ANSTÄNDIGEN STEIFEN!‹«

»Dafür, Tanja, wirst du mir büßen. Du bist *meine* Schöpfung, ich bin nicht deine!«

Und weiter drehte er an seinen magischen Knöpfen. An denen der Maschine, meine ich. Er war ganz schön wütend, und irgendwie, das konnte man sehen, verlieh die Wut ihm so etwas wie sprühende Vitalität, er wuchs über sich selber hinaus. »'n Augenblick noch, Mike. Ich muß bloß die Elektronik auf Vordermann bringen! Halt! Ein *Kurzer*! Ich *sehe* ihn!«

Dann sprang er auf. Und *den* Burschen hatten sie vor den Russen gerettet.

Er sah Indianer-Mike an. »Fertig! Die Maschine ist in Ordnung! Viel Vergnügen!«

Dann ging er zu seiner Schnapsflasche, goß sich kräftig ein und setzte sich hin, um zuzuschauen.

Tanja stand von meinem Schoß auf und ging zu Indianer-Mike. Ich sah zu, wie Tanja und Indianer-Mike einander umarmten.

Tanja zuppelte Mikes Reißverschluß runter, holte seinen Schwanz raus, und Mann, der *hatte* vielleicht einen Schwanz! 35 Zentimeter hatte er gesagt, aber er sah glatt aus wie 'n halber Meter.

Tanja umfaßte Mikes Schwanz mit beiden Händen.

Er ächzte vor Wonne.

Dann riß sie ihm den ganzen Schwanz aus seinem Körper raus. Warf ihn beiseite.

Ich sah das Ding wie eine verrücktgewordene Wurst über den Teppich rollen, eine traurige kleine Blutspur hinter sich lassend. Es rollte gegen die Wand. Blieb dann da liegen wie etwas mit Kopf und ohne Beine, das nicht wußte, wohin . . . was ja nur allzusehr stimmte.

Als nächstes kamen die EIER durch die Luft geflogen. Schwer in einem sich überschlagenden Sack. Sie landeten einfach auf der Mitte des Teppichs und wußten nicht, was sie anderes tun sollten als bluten.

Und so bluteten sie.

Von Braschlitz, der Held des amerikanisch-russischen Einmarsches, warf einen prüfenden Blick auf das, was noch übrig war von Indianer-Mike, meinem alten Zechkumpan, der auf dem Fußboden lag und sehr rot in der Mitte auslief. Dann verduftete von Braschlitz über die Treppe nach unten . . .

Zimmer 69 hatte schon viel gesehen, aber sowas noch nicht.

Und darauf fragte ich sie: »Tanja, viel Zeit haben wir nicht mehr, bis die Bullen hier sind. Wollen wir die Zimmernummer unserer Liebe weihen?«

»Aber natürlich, Liebster!«

Kaum waren wir fertig, platzten die dämlichen Bullen rein.

Einer von ihren Studierten verkündete schließlich, Indianer-Mike sei tot.

Und da von Braschlitz eine Art Produkt der amerikanischen Regierung war, waren jede Menge Leute da – diverse hochstehende Schleimscheißer – Feuerwehrleute, Reporter, die Bullen, der Erfinder, das C. I. A., das F. B. I. und noch einige andere Vertreter des menschlichen Scheißhaufens.

Tanja kam zu mir und setzte sich auf meinen Schoß. »Sie werden mich jetzt töten. Versuch bitte, nicht so traurig zu sein.«

Ich gab keine Antwort darauf.

Dann, auf Tanja zeigend, fing von Braschlitz an zu schreien: »ICH SAGE IHNEN, MEINE HERREN, SIE HAT KEIN GEFÜHL! ICH HABE DAS VERDAMMTE DING VOR HITLER GERETTET! Ich sage Ihnen, es ist nichts als eine MASCHINE!«

Alle standen sie bloß da. Keiner glaubte von B.

Es war einfach die schönste Maschine und Pseudofrau, die sie je gesehen hatten.

»Oh Scheiße! Ihr Idioten! Seht ihr denn nicht, daß jede Frau eine Fickmaschine ist? Sie setzen auf den, der am meisten bietet! SOWAS WIE LIEBE GIBT ES NICHT! DAS IST FAULER ZAUBER! GENAU WIE WEIHNACHTEN!«

Sie wollten ihm immer noch nicht glauben.

»Das da ist nur eine MASCHINE! Habt keine *Angst*! SEHT HER!«

Von Braschlitz packte einen von Tanjas Armen.

Riß ihn glatt von ihrem Körper ab.

Und im Innern – in dem Loch in der Schulter – konnte man es sehen – nichts als Drähte und Röhren – aufgewickelte und verkabelte Dinge – sowie irgendeine unbedeutendere Substanz, die schwach an Blut erinnerte.

Ich sah Tanja da stehen, und wo vorher der Arm gewesen war, hing jetzt eine Kabelspirale aus ihrer Schulter. Sie sah mich an:

»Bitte, auch für *mich* etwas! Ich hab dich doch gebeten, nicht allzu traurig zu sein.«

Ich sah zu, wie sie über sie herfielen, sie aufschlitzten und schändeten und in Stücke rissen.

Ich konnte nichts machen. Ich nahm den Kopf zwischen die Beine und weinte . . .
Und Indianer-Mike ist nie auf seine Kosten gekommen.

Einige Monate vergingen. Die Kneipe habe ich nie wieder betreten. Es gab ein Gerichtsverfahren, aber die Regierung hat von B. und seine Maschine gedeckt. Ich zog in eine andere Stadt. Weit weg. Und eines Tages – ich saß gerade beim Frisör – kam mir dieses Sex-Heft in die Hand. Darin fand ich folgende Annonce: »Blasen Sie sich Ihre *eigene* kleine Puppe auf! $ 29,95. Strapazierfähiges Gummi, für höchste Ansprüche. Im Preis inbegriffen sind Ketten und Peitsche. Außerdem wird mitgeliefert: 1 Bikini, 1 BH, 1 Höschen, 2 Perükken, 1 Lippenstift sowie 1 Fläschchen Liebeselixier. Von Braschlitz & Co.«
Ich bestellte per Postanweisung. Irgendeine Postfachnummer in Massachusetts. Sehr peinlich. Ich hatte keine Fahrradpumpe. Als ich das Paket aufmachte, packte mich plötzlich die Geilheit. Ich mußte runter zur Tankstelle an der Ecke und deren Luftschlauch benutzen.
Als Luft reinkam, sah es schon etwas besser aus. Große Titten, großer Arsch.
»Was hast 'n da, Alter?« fragte mich der Tankwart.
»Na Mensch, ich borg mir halt mal 'n bißchen Luft. Kauf ich etwa nicht genug Benzin hier, ha?«
»Okay, das geht ja in Ordnung, kannst die Luft ja haben. Aber leider kann ich mir trotzdem nich' verkneifen zu fragen, was du da hast . . .«
»Vergiß es einfach!« sagte ich.
»JESUS! Guck dir ma' die TITTEN an!«
»Ich guck ja doch, Blödmann!«
Ich ließ ihn da stehen mit seiner heraushängenden Zunge, lud mir die Puppe auf die Schulter und machte mich auf den Heimweg. Ich trug sie ins Schlafzimmer.
Die große Frage war noch offen.
Ich machte ihr die Beine breit und sah nach, ob es da irgendeine Öffnung gab.

Von B. schien doch noch nicht völlig übergeschnappt zu sein.

Ich krabbelte rauf und fing an, diesen Gummimund zu küssen. Hin und wieder griff ich mir eine von den riesigen Gummititten und saugte daran. Ich hatte ihr eine gelbe Perücke aufgesetzt, und mit dem Liebeselixier rieb ich mir von oben bis unten den Schwanz ein. Viel brauchte ich nicht von dem Zeug. Vielleicht war das, was er da mitgeschickt hatte, die Menge für ein Jahr.

Ich küßte sie leidenschaftlich hinter die Ohren, steckte ihr den Finger in den Arsch und pumpte fleißig vor mich hin. Dann sprang ich runter, fesselte ihr die Arme mit der Kette auf den Rücken – dafür gab es ein kleines Schloß mit Schlüssel –, und dann peitschte ich ihr kräftig den Arsch mit den Lederriemen durch.

Gott, ich spinne doch! dachte ich.

Dann drehte ich sie um und steckte ihn wieder rein. Rackerte und ackerte. Ehrlich, es war ziemlich langweilig. Ich stellte mir Hundemännchen vor, die Katzenweibchen vögeln. Ich stellte mir ein Pärchen vor, das vom Empire State Building springt und beim Fallen vögelt. Ich stellte mir eine Möse vor, so groß wie ein Tintenfisch, die auf mich zugekrochen kommt, naß und stinkend und nach einem Orgasmus lechzend. Ich dachte an all die Höschen, Knie, Beine, Titten, Mösen, die ich je gesehen hatte. Das Gummi schwitzte; ich schwitzte.

»Ich liebe dich, Liebling!« flüsterte ich in eins ihrer Gummiohren.

Ich gebe es nur sehr ungern zu, aber ich zwang mich tatsächlich, in diesen widerlichen Gummibalg zu spritzen. Mit Tanja hatte das verdammt wenig zu tun.

Ich nahm eine Rasierklinge und schnitt das Ding in Fetzen. Zusammen mit den leeren Bierdosen kippte ich es weg.

Wieviel Männer in Amerika haben solche schwachsinnigen Dinger gekauft?

Andererseits kann man innerhalb von 10 Minuten an einem halben Hundert Fickmaschinen vorbeikommen, wenn man über irgendeinen belebteren Bürgersteig Amerikas geht – der einzige Unterschied ist nur der, daß sie so *tun*, als wären sie Menschen.

Armer Indianer-Mike. Mit seinem toten 50-Zentimeter-Schwanz.

All die armen Indianer-Mikes. All die Weltraumstürmer. All die Huren von Vietnam und Washington.

Arme Tanja, ihr Bauch war ein Schweinebauch gewesen. Ihre Adern die Adern eines Hundes. Sie hat kaum geschissen oder gepißt, sie hat einfach nur gefickt – Herz, Stimme und Zunge von andern geborgt. Damals sollen nur 17 Organtransplantationen möglich gewesen sein. Von B. ist seiner Zeit weit voraus gewesen.

Arme Tanja, die nur ganz wenig gegessen hatte – meistens billigen Käse und Rosinen. Sie hat kein Verlangen gehabt nach Geld und Gut oder großen neuen Autos oder überteuerten Wohnungen. Nie hatte sie die Abendzeitung gelesen. Nie hatte es sie gelüstet nach einem Farbfernseher, nach neuen Hüten, Regenstiefeln, Gartenzauntratsch mit idiotischen Hausfrauen. Und nie hatte sie einen Mann gewollt, der Arzt war, Börsenmakler, Kongreßabgeordneter oder Polizeiobermeister.

Und immer wieder fragt mich der Kerl von der Tankstelle: »Hey, was is'n aus dem Ding geworden, das du damals hier angeschleppt und mit dem Luftschlauch aufgeblasen hast?« Aber jetzt ist Schluß mit der Fragerei. Ich tanke woanders. Ich laß mir nicht mal mehr die Haare dort schneiden, wo ich dieses Sexheft mit der Von-Braschlitz-Gummipuppensex-Anzeige gesehen hatte. Ich versuche alles zu vergessen.

Was würdest du tun?

# Die Couragemangel

Danforth hängte die Körper einen nach dem andern auf, nachdem sie durch die Mangel gedreht worden waren. Bagley saß an den Telefonen. »Wieviele haben wir?«

»19. Sieht ganz gut aus, der Tag heute.«

»Scheiße, ja ja. Scheint 'n wirklich guter Tag zu werden. Wieviele haben wir gestern untergebracht?«

»14.«

»Nicht schlecht, nicht schlecht. Wir werden 'n schönen Schnitt machen, wenn's weiter so aufwärts geht. Aber ich mach mir dauernd schon Sorgen, ob nicht bald Schluß is' mit dieser Sache in Vietnam«, sagte Bagley von den Telefonen her.

»Ach, sein Sie doch kein Narr – von diesem Krieg hängen viel zu viele ab und profitieren davon.«

»Aber die Pariser Friedenskonferenz . . .«

»Ich kenn Sie gar nich' wieder heute, Bag. Sie wissen doch ganz genau, daß die da den ganzen Tag bloß rumsitzen und lachen, ihr Geld einsacken und dann jeden Abend durch die Pariser Nachtclubs ziehn. Diese Jungs leben nich' schlecht. Und genausowenig wie *wir* wollen, daß der Krieg aufhört, wollen *die*, daß die Friedenskonferenz aufhört. Wir werden alle fett dabei, daran gibt's nix zu rütteln. Es is' herrlich. Und falls sie die Sache durch irgendeinen Zufall beilegen, gibt's wieder andere, da können Sie Gift drauf nehmen. Auf dem ganzen Globus sind sie am Feuerschüren.«

»Ja, ich glaube, ich mach mir da unnötige Sorgen.« Auf dem Schreibtisch klingelte eins von den drei Telefonen. Bagley nahm ab. »AGENTUR FÜR ZUFRIEDENSTELLENDE DIENSTLEISTUNGEN. Hier Bagley.«

Er hörte zu. »Ja, ja. Einen guten Kalkulator. Haben wir. Gehalt? 300 Dollar die ersten zwei Wochen, ich meine 300 die Woche. Die ersten zwei Wochengehälter kriegen wir. Dann kürzen Sie ihn runter auf 50 die Woche oder feuern ihn.

Wenn Sie ihn nach den ersten zwei Wochen feuern, geben wir IHNEN 100 Dollar. Warum? Na Menschenskind, versteh Sie denn nicht, es dreht sich doch bei der ganzen Sache nur darum, die Dinge in Bewegung zu halten. Alles Psychologie, wie zu Nikolaus. Wann? Ja, wir schicken ihn gleich rüber. Wie ist die Adresse? Schön, schön, er wird sofort da sein. Pronto. Beachten sie unsere Bedingungen. Wir schicken ihn mit einem Vertrag. Wiederhörn.«

Bagley legte auf. Summte vor sich hin, unterstrich die Adresse. »Nehmen Sie einen runter, Danforth. Einen Müden und Dünnen. Hat keinen Zweck, gleich die Besten zu verpulvern.«

Danforth ging zu der Drahtwäscheleine und nahm die Klammern von den Fingern eines Müden und Dünnen.

»Führn Sie'n her. Wie heißt er?«

»Hermann. Hermann Tellemann.«

»Scheiße, besonders gut sieht er ja nicht aus; als hätte er immer noch 'n bißchen Blut in sich. Und etwas Farbe kann ich sehn in seinen Augen . . . kommt mir wenigstens so vor. Sagen Sie mal, Danforth, haben Sie die Walzen auch schön stramm laufen? Ich möchte, daß sämtliche Courage rausgequetscht wird, nicht mehr der geringste Widerstand, ist das klar? Sie machen Ihre Arbeit, und ich mache meine.«

»Ein paar von diesen Burschen sind ziemlich zäh hier eingetroffen. Manche Männer haben eben mehr Courage als andere, das wissen Sie doch. Nach'm Aussehn kann man nich' immer gehn.«

»Na schön, testen wir ihn mal. Hermann. Hey, unser Sonnenschein!«

»Was ist, Papachen?«

»Wie wär's denn mit 'ner hübschen kleinen Arbeit?«

»Um Gotteswillen, nein!«

»Was, du willst keine hübsche kleine Arbeit?«

»Wozu denn, zum Henker? Mein Alter, der war von Jersey und hat gearbeitet sein ganzes Leben lang, und wissen Sie, was er hinterlassen hat, nachdem wir ihn mit seinem eigenen Geld beerdigt hatten?«

»Na was?«

»15 Cents, und das war das Ende eines stumpfsinnigen, tristen Lebens.«

»Aber willst du denn nicht eine Frau, eine Familie, ein Zuhause, Ansehen? Ein neues Auto alle drei Jahre?«

»Nein, in diese Mühle will ich nicht, Alterchen. Stecken Sie mich nicht in irgend so'n Ausflipkäfig. Ich will einfach nur faul rumhängen, was soll der Scheiß?«

»Danforth, drehn Sie diese Mißgeburt durch die Mangel! Aber ziehn Sie die Schrauben an!«

Danforth packte das Subjekt, doch vorher konnte Tellemann noch brüllen: »Arschficker deiner alten Mutter . . .«

»Und quetschen Sie SÄMTLICHE COURAGE AUS IHM RAUS, SÄMTLICHE! Haben Sie mich verstanden?«

»Schon gut, schon gut!« antwortete Danforth. »Scheiße. Manchmal find ich, Sie machen sich's 'n bißchen allzu leicht.«

»Leicht hin, leicht her! Sie sollen die Courage aus ihm rausquetschen. Nixon könnte den Krieg beenden . . .«

»Jetzt reden Sie schon wieder diesen Quatsch. Ich glaube, Sie haben schlecht geschlafen, Bagley. Irgendwas is' nich' in Ordnung mit Ihnen.«

»Ja ja, Sie haben recht. Schlaflosigkeit. Dauernd geht mir im Kopf rum, daß wir Soldaten herstellen sollten! Die ganze Nacht wälz ich mich von einer Seite auf die andre! Das wär vielleicht 'n Geschäft!«

»Bag, wir machen das beste aus dem, was wir können, und damit hat sich's.«

»Na schön, na schön, haben Sie ihn durch die Mangel gedreht?«

»Schon ZWEIMAL! Ich habe *jegliche* Courage aus ihm raus. Sie werden sehn.«

»Na schön, führ'n Sie ihn vor. Testen wir ihn.«

Danforth brachte Hermann Tellemann zurück. Der sah jetzt ein bißchen anders aus. Alle Farbe war aus seinen Augen geschwunden, und er hatte dieses abgefeimt falsche Lächeln aufgesetzt. Es war schön.

»Hermann?« fragte Bagley.

»Ja, Sir?«

»Was fühlst du? Oder wie fühlst du dich?«

»Ich fühle gar nichts, Sir.«

»Magst du die Bullen?«

»Nicht Bullen, Sir – Polizisten. Sie sind die Opfer unserer Bösartigkeit, auch wenn sie uns zuweilen dadurch beschützen, daß sie uns erschießen, uns einsperren, uns schlagen und uns Geldstrafen auferlegen. So etwas wie einen bösen Bullen gibt es nicht; Polizisten, Pardon. Ist Ihnen klar, daß wir das Gesetz selber in die Hand nehmen müßten, wenn es keine Polizisten gäbe?«

»Und was würde dann geschehn?«

»Darüber hab ich noch nicht nachgedacht, Sir.«

»Ausgezeichnet. Glaubst du an Gott?«

»Oh ja, Sir, an Gott und Familie und Staat und Vaterland und an ehrliche Arbeit.«

»Jesus Christus!«

»Wie bitte, Sir?«

»Ach, nichts. So, und nun – machst du bei der Arbeit gerne Überstunden?«

»Oh ja, Sir! Wenn's nach mir ginge, würd ich 7 Tage die Woche arbeiten und 2 Jobs machen, wenn möglich.«

»Warum?«

»Geld, Sir. Geld für Farbfernsehn, neue Autos, Bausparvertrag, seidene Schlafanzüge, 2 Hunde, elektrischen Rasierapparat, Lebensversicherung, Krankenversicherung, oh, alle möglichen Versicherungen, und Hochschulbildung für meine Kinder, falls ich welche habe, und automatische Garagentüren und feine Anzüge und 45-Dollar-Schuhe und Fotoapparate, Armbanduhren, Ringe, Waschmaschinen, Kühlschränke, neue Sessel, neue Betten, Spannteppiche, Spenden für die Kirche, thermostatische Heizung und . . .«

»Schön. Halt mal. Und wann willst du dieses ganze Zeug benutzen?«

»Ich verstehe nicht, Sir.«

»Ich meine, wann willst du diesen ganzen Luxus genießen, wo du doch Tag und Nacht arbeitest und Überstunden machst?«

»Oh, der Tag wird schon kommen, Sir, der Tag wird schon kommen!«

»Und du meinst nicht, daß deine Kinder, wenn sie mal groß sind, dich eines Tages für'n komplettes Arschloch halten?«

»Nachdem ich mir für sie die Haut von den Knochen geschunden habe, Sir? Natürlich nicht!«

»Ausgezeichnet. Nun noch ein paar abschließende Fragen.«

»Ja, Sir.«

»Meinst du nicht, daß diese ständige Plackerei schädlich für Gesundheit und Geist, für die Seele, wenn du so willst . . .?«

»Ach, du liebe Güte, wenn ich nicht ständig arbeiten würde, würd ich doch bloß rumsitzen und saufen oder Ölbilder malen oder ficken oder in den Zirkus gehn oder im Park sitzen und den Enten zugucken; irgendsowas halt.«

»Und meinst du nicht, daß es ganz angenehm ist, im Park zu sitzen und den Enten zuzugucken?«

»Aber damit kann ich kein Geld verdienen, Sir.«

»Okay, verpiß dich.«

»Sir?«

»Ich meine, unser Gespräch ist beendet.«

Und zu Danforth: »Okay, der ist soweit, Dan. Saubere Arbeit. Geben Sie ihm den Vertrag, er soll ihn unterschreiben, das Kleingedruckte wird er schon nicht lesen. Er hält uns für anständig. Traben Sie ab mit ihm zu der Adresse. Die werden ihn nehmen, mit Handkuß sogar. Einen besseren Kalkulator hab ich seit Monaten nicht mehr rausgeschickt.«

Danforth ließ Hermann den Vertrag unterschreiben, prüfte noch einmal seine Augen, um sich zu vergewissern, daß sie auch wirklich tot waren, drückte ihm den Vertrag und die Adresse in die Hand, brachte ihn zur Tür und gab ihm einen leichten Schubs in Richtung Treppe.

Bagley lehnte sich bloß mit dem ungezwungenen Lächeln des

Erfolgs zurück und sah zu, wie Danforth die andern 18 durch die Mangel drehte. Wo deren Courage hinkam, war schlecht auszumachen, aber irgendwo im Verlaufe des Prozesses verloren so gut wie alle Männer ihre Courage. Diejenigen mit dem Schildchen ›Familienvater‹ oder ›Über 40‹ verloren sie am schnellsten. Bagley lehnte sich zurück, als Danforth sie durch die Mangel drehte, und hörte sie reden:

»Für einen Mann, der so alt ist wie ich, ist es verdammt schwer, Arbeit zu kriegen, verdammt schwer!«

Ein anderer sagte:

»Oh, Mann, es ist kalt draußen.«

Ein anderer:

»Ich hab's satt mit dem Wetten und der Zuhälterei und dem ewigen Geschnapptwerden. Was ich brauche, ist was Sicheres, Sicheres, Sicheres . . .«

Ein anderer:

»Na schön, ich hab meinen Spaß gehabt. Jetzt . . .«

Ein anderer:

»Ich habe keinen Beruf. Jeder Mensch sollte einen Beruf haben. Ich habe keinen Beruf. Was soll ich nur machen?«

Ein anderer:

»Ich bin überall gewesen in der Welt – in der Armee – ich weiß Bescheid.«

Ein anderer:

»Wenn ich noch mal von vorn anzufangen hätte, würd ich Zahnarzt werden oder Frisör.«

Ein anderer:

»Immer kommen meine Romane und Kurzgeschichten und Gedichte zurück. Scheiße, ich kann nicht nach New York fahren und den Verlegern da die Hände schütteln! Ich habe mehr Talent als sonst einer, aber man muß eben erst drin sein in dem Klüngel. Ich nehme jeden Job an, aber ich bin mehr wert als jeder Job, den ich annehme, denn ich bin ein Genie.«

Ein anderer:

»Seht ihr, wie hübsch ich bin? Seht ihr meine Nase? Seht ihr meine Ohren? Seht ihr mein Haar? Meine Haut? Wie ich

mich bewege? Seht ihr, wie hübsch ich bin? Seht ihr, wie
hübsch ich bin? Seht ihr, wie hübsch ich bin? Warum haben
mich nicht alle gern? Weil ich so hübsch bin. Sie sind eifersüchtig, eifersüchtig, eifersüchtig . . .«
Wieder klingelte das Telefon.
»AGENTUR FÜR ZUFRIEDENSTELLENDE DIENST-
LEISTUNGEN. Hier Bagley. Sie brauchen *was*? Einen Tiefseetaucher? Geile Scheiße! Was? Oh, Pardon. Aber natürlich, selbstverständlich, wir haben Dutzende von arbeitslosen
Tiefseetauchern. Seine ersten zwei Wochenlöhne gehn an
uns. 500 die Woche. Gefährlich, verstehn Sie, wirklich gefährlich – Entenmuscheln, Taschenkrebse, all das . . . See-
tang, Meerjungfrauen auf Felsen. Tintenfische. Tiefdruck-
krankheit. Schnupfen. Ja, verficktnochmal. Die ersten zwei
Wochenlöhne an uns. Wenn Sie ihn nach zwei Wochen feuern, geben wir *Ihnen* 200 Dollar. Warum? *Warum*? Angenommen, ein Rotkehlchen legt Ihnen ein goldenes Ei auf den
Sessel in Ihrer guten Stube, würden Sie da auch fragen
WARUM? Würden Sie das tun? Wir schicken Ihnen einen
Tiefseetaucher, in 45 Minuten haben Sie ihn! Die Adresse?
Schön, schön, ah ja, sehr schön, das ist ja gleich beim Rich-
field Building. Ja, ich weiß. In 45 Minuten. Danke. Wiederhörn.«
Bagley legte auf. Er war schon müde, und der Tag fing
gerade erst an. – »Dan?«
»Ja, Mama?«
»Bringen Sie mir einen Tiefseetauchertyp. Bißchen fett um
den Bauch rum. Blaue Augen, mittelstarker Brusthaarwuchs,
vorzeitiges Kahlwerden des Kopfes, leicht stoisch, leicht ge-
beugt, schlechtes Sehvermögen und unerkanntes Frühstadium
von Kehlkopfkrebs. Das ist ein Tiefseetaucher. Weiß doch
jeder, was ein Tiefseetaucher ist. Und nun bringen Sie mir
einen, Mama.«
»Okay, Scheißkopp.«
Bagley gähnte. Danforth nahm einen von der Leine. Brachte
ihn an, stellte ihn vor den Schreibtisch. Auf seiner Erken-
nungsmarke stand ›Barney Anderson‹.

»Hallo, Barney«, sagte Bag.

»Wo bin ich?« fragte Barney.

»AGENTUR FÜR ZUFRIEDENSTELLENDE DIENST-LEISTUNGEN.«

»Junge, Junge, wenn ihr nich'n Paar randlose Arschlöcher seid, dann weiß ich nich'.«

»Verdammte Hurerei, Dan!«

»Ich hab ihn 4 mal durchgedreht.«

»Ich hab Ihnen gesagt, Sie sollen die Schrauben anziehn!«

»Und ich hab Ihnen gesagt, daß manche Männer mehr Courage haben als andere!«

»Das is' doch'n Märchen, Sie Vollidiot!«

»Wer is'n Vollidiot?«

»Beide seid ihr Vollidioten«, sagte Barney Anderson.

»Ich möchte, daß Sie ihm den Arsch dreimal durch die Mangel drehn«, sagte Bagley.

»Okay, okay, aber erst mal müssen wir uns im klaren sein.«

»Na schön, von mir aus . . . dann fragen Sie diesen Barney beispielsweise mal nach seinen Helden.«

»Barney, was haste'n für Helden?«

»Nu, wolln ma' sehn – Cleaver, Dillinger, Che, Malcolm X., Gandhi, Jersey Joe Walcott, Oma Barker, Castro, van Gogh, Villon, Hemingway.«

»Sehn Sie, er identifiziert sich nur mit VERLIERERN. Bei denen fühlt er sich wohl. Er macht sich bereit, zu verlieren. Na, wir werden ihm helfen dabei. Er ist auf diese Seelenscheiße reingefallen, und damit kriegen wir sie an'n Arsch. Es gibt keine Seele. Alles Schwindel. Es gibt keine Helden. Alles Schwindel. Es gibt keine Gewinner – alles Schwindel und gequirlte Kacke. Es gibt keine Heiligen, es gibt kein Genie – das ist alles Schwindel und fauler Zauber, damit das Spiel weitergeht. Der Mensch versucht einfach nur weiterzumachen und glücklich zu sein, – falls er kann. Alles andere ist Blödsinn.«

»Na schön, na schön, ich steh ja auf euern Verlierern! Aber was ist mit Castro? Der schien doch ganz gut im Futter zu sein auf dem letzten Foto, das ich von ihm sah.«

»Der kann nur existieren, weil Amerika und Rußland sich geeinigt haben, ihn in der Mitte zu lassen. Aber angenommen, sie würden wirklich die Karten auf'n Tisch legen – an was kann er sich da noch halten? Mensch, der hat doch noch nich' ma' genug auf der Hand, um in'n vergammelten ägyptischen Puff zu gehn.«

»Ach, leckt mich am Arsch, ihr zwei! Ich mag, wen ich mag!« sagte Barney Anderson.

»Barney, wenn ein Mann erst mal alt genug und eingesperrt genug und hungrig genug und müde genug ist, dann wird er Schwanz und Titte lutschen und Scheiße fressen, um am Leben zu bleiben. Entweder das oder Selbstmord. Die menschliche Rasse hat's nun mal nich', Mann. Sie ist ein übler Haufen.«

»Dann werden wir sie eben ändern, Mensch. Das ist der Trick. Wenn wir auf'n Mond fliegen können, können wir auch die Scheiße aus'm Scheißbecken spülen. Wir haben uns einfach immer nur auf die falschen Dinge konzentriert.«

»Du bist krank, Jungchen. Und'n bißchen fett um den Bauch. Und 'ne Glatze haste auch bald. Dan, bring ihn auf Vordermann.«

Danforth nahm Barney Anderson, drehte ihn, der Zeter und Mordio schrie, dreimal durch die Mangel und brachte ihn dann zurück.

»Barney?« fragte Bagley.

»Jawoll, Sir!«

»Wer sind deine Helden?«

»George Washington, Bob Hope, Mae West. Richard Nixon, die Gebeine von Clark Gable und all die netten Leute, die ich in Disneyland gesehn habe. Joe Louis, Dinah Shore, Frank Sinatra, Babe Ruth, die Green Berets, na ja, und verdammt die ganze U.S.-Army und Kriegsmarine und besonders die Marine-Infantrie und sogar das Finanzministerium, das CIA, das FBI, die United Fruit, die Highway-Streife, die gesamte gottverdammte Polizei von Los Angeles einschließlich der County-Bullen. Und ich meine nicht ›Bullen‹, ich meine ›Polizisten‹. Dazu kommt dann noch Marlene Dietrich

– fast 70 muß sie jetzt sein, was? – mit diesem Seitenschlitz im Kleid, daß ich 'n Steifen gekriegt habe, als sie in Vegas tanzte, was für 'ne wunderbare Frau. Das gute amerikanische Leben und das gute amerikanische Geld kann uns für immer jung erhalten, liegt das nicht klar auf der Hand?«

»Dan?«

»Ja, Bag?«

»Der hier ist jetzt wirklich so weit! Viel Gefühl hab ich ja nicht mehr, aber der macht sogar mich krank. Lassen Sie ihn diesen kleinen Vertrag unterschreiben und schicken Sie ihn los. Die werden ihn lieben. Gott, was man alles tun muß, bloß um am Leben zu bleiben. Manchmal ist mir sogar meine eigene Arbeit verhaßt. Das ist doch schlimm, nicht, oder Dan?«

»Ja, Bag, schlimm. Und sobald ich dies Arschloch hier auf'n Weg geschickt habe, hab ich 'ne tolle kleine Sache für Sie – 'n Schuß von unserm guten alten Stärkungsmittel.«

»Ah, prima, prima . . . was is' es denn?«

»Nur 'ne kleine Vierteldrehung durch die Mangel.«

»WAS?«

»Oh, das is' prima für den Blues oder für wildes Denken und dergleichen.«

»Und das hilft?«

»Besser als Aspirin.«

»Okay, schaffen Sie uns das Arschloch vom Hals.«

Barney Anderson wurde die Treppe hinuntergeschickt. Bagley stand auf und ging zur nächsten Mangel. »Diese alten Miezen – die West und die Dietrich –, die immer noch ihre Titten und Beine schwenken, irgendwie kapier ich das nich', die haben das doch schon gemacht, als ich sechs Jahre alt war. Was steckt da wohl hinter?«

»Nix. Korsetts und Hüfthalter, Puder, Beleuchtung, Überzüge aus falschem Fleisch, Pölsterchen und Wülsterchen, Stroh, Pferdemist. Die könnten Ihre Großmutter wie 'ne Sechzehnjährige aussehen lassen.«

»Meine Großmutter ist tot.«

»Sie könnten's trotzdem.«

»Ja, ja, wahrscheinlich haben Sie recht.« Bagley trat zu der Mangel. – »Aber wirklich nur 'ne Vierteldrehung. Kann ich Ihnen vertraun?«

»Sie sind doch mein Partner, nicht, Bag?«

»Na klar, Dan.«

»Wie lange sind wir jetzt schon zusammen im Geschäft?«

»25 Jahre.«

»Also bitte. Und wenn ich sage, 'ne VIERTELDREHUNG, dann mein ich auch 'ne VIERTELDREHUNG.«

»Was soll ich tun?«

»Schieben Sie einfach Ihre Hände zwischen die Walzen, es is' wie 'ne Waschmaschine.«

»Da hinein?«

»Ja. Und los geht's! Juchhuh!«

»Hey, Mensch, aber denken Sie dran, nur 'ne Vierteldrehung.«

»Na klar, Bag, haben Sie denn kein Vertrauen zu mir?«

»Muß ich ja jetzt haben.«

»Wissen Sie *was*? Ich hab heimlich Ihre Frau gefickt.«

»Sie elender Hurensohn! Ich bring Sie um.«

Danforth ließ die Maschine laufen, setzte sich hinter Bagleys Schreibtisch und zündete sich eine Zigarette an. Er summte ein Liedchen vor sich hin: *Lucky lucky me, I can live in luxury, because I've got a pocket full of dreams ... I got an empty purse, but I own the universe, because I've got a pocketful of dreams ...*

Er stand auf und ging zu der Maschine und Bagley.

»Sie haben gesagt, 'ne Vierteldrehung«, sagte Bagley, »und anderthalb Umdrehungen sind's gewesen.«

»Haben Sie denn kein Vertrauen zu mir?«

»Mehr als je, komischerweise.«

»Ich hab Ihre Frau aber trotzdem heimlich gefickt.«

»Na ja, das is' wahrscheinlich in Ordnung so. Ich werd's langsam leid, sie zu ficken. Jeder Mann wird's ma' leid, die eigene Frau zu ficken.«

»Ich möchte aber, daß Sie möchten, daß ich Ihre Frau ficke.«

»Na ja, mir is' es ja egal, aber ich weiß nich', ob ich das geradezu *möchte*.«

»In etwa 5 Minuten bin ich wieder da.«

Danforth ging zurück, setzte sich auf Bagleys Drehstuhl, legte die Füße auf den Schreibtisch und wartete ab. Er sang gerne. Er sang Lieder: *I got plenty of nuthin' and nuthin's plenty for me. I got the stars, I got the sun, I got the shining sea . . .*

Danforth rauchte zwei Zigaretten und ging zurück zu der Maschine.

»Bag, ich hab heimlich Ihre Frau gefickt.«

»Oh, das möcht ich ja, Mensch! Das möcht ich ja! Und wissen Sie *was*?«

»Was?«

»Ich würd ganz gern ma' zugucken.«

»Klar, das läßt sich machen.«

Danforth ging zum Telefon und wählte eine Nummer.

»Minnie? Ja, Dan. Ich komm rüber, um dich ma' wieder zu ficken. Bag? Oh, der kommt auch mit. Er möchte zugucken. Nein, wir sind nich' betrunken. Ich hab mir bloß gedacht, ich mach den Laden dicht für heute. Wir haben bereits genug Abschlüsse. Bei der israelisch-arabischen Sache und den ganzen afrikanischen Kriegen braucht man sich keine Sorgen zu machen. Biafra ist ein schönes Wort. Na, wir kommen jedenfalls rüber. Ich möcht dich ma' wieder von hinten stoßen. Mein Gott, du hast so herrlich dicke Backen. Sogar Bag könnt ich von hinten stoßen. Ich glaube, der hat noch dickere Backen als du. Halt dich schön eng, Süße, wir sind schon unterwegs!«

Dan legte auf. Ein anderes Telefon klingelte. Er nahm ab. »Fick deine Mutter, altes Arschloch, sogar deine Nippel stinken wie Hundedünnschiß bei Westwind.« Er legte auf und lächelte. Ging hinüber und holte Bagley aus der Maschine. Sie schlossen die Bürotür ab und gingen zusammen die Treppe hinunter. Als sie nach draußen kamen, stand die Sonne hoch und sah gut aus. Man konnte durch die dünnen Röcke der Frauen sehen. Fast ihre Gebeine konnte man sehen. Überall Tod und Verwesung. Es war Los Angeles, unweit der Ecke Siebter und Broadway, der Kreuzung, wo die Toten die Toten anmotzen und nicht mal wissen, warum. Es ist ein Spiel, das man gelernt haben muß – wie Seilspringen, Frösche zerschnippeln, in den Briefkasten pissen oder seinem Hund einen holen.

*We got plenty a nuthin'*, sangen sie, *and nuthin's plenty for we . . .*

Arm in Arm tauchten sie in die unterirdische Garage, fanden Bags 69er Caddy, stiegen ein, jeder zündete sich eine Dollarzigarre an, und mit Dan am Steuer fuhren sie hinaus, rammten fast einen vom Pershing Square kommenden Penner, bogen ab nach Westen zum Freeway in Richtung Freiheit, Vietnam, Armee, Ficken, weiter Grasflächen, nackter Statuen, französischen Weins, Beverly Hills . . .

Bagley beugte sich hinüber und machte Danforth, der unverdrossen weiterfuhr, den Reißverschluß am Hosenlatz auf.

Hoffentlich läßt er noch was für seine Frau übrig, dachte Danforth.

Es war ein warmer Vormittag in Los Angeles, oder vielleicht war es schon Nachmittag, er sah auf die Uhr im Armaturenbrett – genau 11 Uhr 37 vormittags war es, als er kam. Er beschleunigte den Caddy auf 80 mph. Der Asphalt glitt unter ihnen weg wie die Gräber der Toten. Er machte den Fernseher im Armaturenbrett an, dann griff er nach dem Telefon, dann fiel ihm ein, daß es besser wäre, den Hosenlatz zuzumachen. »Minnie, ich liebe dich.«

»Ich liebe dich auch«, antwortete sie. »Ist dieser Schlappschwanz bei dir?«

»Direkt neben mir. Er hat grade 'n Mundvoll abgekriegt.«

»Oh, Dan, *verschleuder* es doch nicht so!«

Er lachte und legte auf. Fast rammten sie einen Nigger in einem Lieferwagen. Er war überhaupt nicht schwarz, er war ein Nigger, sonst nichts. Es gab keine freundlichere Stadt auf der Welt, wenn man's geschafft hatte, und nur eine, die schlimmer war, wenn man's nicht geschafft hatte – das Große A. Danforth beschleunigte auf 85. Ein Motorradbulle lächelte ihn an, als er an ihm vorbeizog. Vielleicht würde er später am Abend Bob noch anrufen. Bob war immer so witzig. Seine 12 Schriftsteller lieferten ihm die Pointen. Und dabei blieb Bob so natürlich wie Pferdemist. Es war herrlich.

Er warf die Dollarzigarre hinaus, zündete sich eine neue an, brachte den Caddy auf 90, wie ein Pfeil genau auf die Sonne zu, das Geschäft florierte, das Leben ging gut, und die Reifen brausten dahin über die Toten und die Sterbenden und die bald Sterbenden.

SIIIAAAAAUUUUM!

# Zwölf fliegende Affen,
## die nicht richtig kopulieren wollen

Es klingelt, und ich mache das Fenster neben der Tür auf. Es ist Nacht. »Wer ist da?« frage ich.

Schritte nähern sich dem Fenster, aber ich kann kein Gesicht sehen. Ich habe zwei Lampen über der Schreibmaschine. Ich knalle das Fenster zu, aber da draußen wird gesprochen. Ich setze mich an die Schreibmaschine, aber da draußen wird immer noch gesprochen. Ich fahre hoch und reiße die Tür auf und brülle:

»ICH HAB EUCH SCHWANZLUTSCHERN DOCH GE-SAGT, IHR SOLLT MICH IN RUHE LASSEN!«

Ich sehe mich um, und da steht ein Kerl unten an der Treppe, und ein anderer Kerl steht auf der Veranda und ist am Pissen. Er pißt in einen Busch links von der Veranda, steht da an der Kante der Veranda, und sein Pißstrahl geht nach oben, und dann im Bogen mit dickem Schwall hinunter in den Busch.

»Hey, der Kerl da pißt in meinen Busch«, sage ich.

Der Kerl lacht und pißt weiter. Ich packe ihn an der Hose, hebe ihn hoch und werfe ihn, der immer noch pißt, über den Busch hinaus in die Nacht. Er kommt nicht wieder. Der andere Kerl sagt: »Warum hast'n das gemacht?«

»Mir war halt danach.«

»Du bist betrunken.«

»Betrunken?« frage ich.

Er geht um die Ecke und ist verschwunden. Ich mache die Tür zu und setze mich wieder an die Maschine. Also schön, ich habe diesen wahnsinnigen Wissenschaftler, er hat Affen beigebracht zu fliegen, er hat elf Affen mit diesen Flügeln. Die Affen sind sehr gut. Der Wissenschaftler hat ihnen sogar beigebracht, um die Wette zu fliegen; um diese Wendemarken rum, ja. Nun wolln wir mal sehn. Muß das gut machen. Um eine Geschichte loszuwerden, muß man was vom Ficken bringen, wenn möglich viel davon. Besser, ich mach zwölf Affen, sechs Männchen und sechs von der andern Sorte. Also schön. Da haben wir sie. Das Wettfliegen hat begonnen. Da fliegen sie um die erste Wendemarke. Wie soll ich sie zum Ficken bringen? Seit zwei Monaten hab ich keine Geschichte mehr verkauft. Hätte in dem gottverdammten Postamt bleiben sollen. Na schön. Da fliegen sie also. Um die erste Wendemarke. Vielleicht fliegen sie einfach davon. Ganz plötzlich? Wie wär das? Sie fliegen nach Washington, D. C., hängen am Capitol rum, lassen Scheiße auf die Leute fallen, pissen auf sie runter, schmieren ihre Scheiße ans Weiße Haus. Kann ich einen Scheißhaufen auf den Präsidenten fallen lassen? Nein, das ist zuviel verlangt. Okay, sagen wir, einen Scheißhaufen auf den Außenminister. Es werden Befehle erteilt, sie vom Himmel zu schießen. Das ist tragisch, nicht? Aber was ist mit dem Ficken? Na schön. Bitte sehr. Das muß noch rein. Mal sehn. Okay, also zehn von den armen kleinen Dingern werden vom Himmel geschossen. Nur noch zwei sind übrig. Ein Männchen und eins von der andern Sorte. Aber wo stecken sie nur? Sie scheinen unauffindbar. Bis eines Nachts ein Polizist die Runde durch den Park macht, und da sind sie, die letzten zwei, mit angeschnallten Flügeln, und ficken was das Zeug hält. Der Polizist kommt heran. Das Männchen hört es, dreht den Kopf, blickt auf, zeigt ein kleines blödes Affengrinsen, kein Stößchen auslassend dabei, dreht den Kopf wieder weg und bumst unbeirrt weiter. Der Polizist knallt seinen Kopf ab. Den Kopf des Affen, heißt das. Das Weibchen schüttelt das Männchen angewidert ab und steht auf. Für eine Äffin ist sie ein hübsches kleines Ding. Einen Moment denkt der Polizist daran, denkt daran – aber nein, das würde zu eng sein, und womöglich beißt sie, wer weiß. Während er das denkt, dreht sie sich um und fängt an wegzufliegen. Als sie aufsteigt, zielt der Polizist auf sie, trifft sie mit einer Kugel, sie fällt. Er läuft hin. Sie ist verwundet, aber nicht tot. Der Polizist blickt sich um, hebt sie auf, holt ihn raus, versucht ihn reinzudrücken.

Es geht nicht. Nur der Kopf geht rein.

Scheiße. Er läßt sie auf die Erde fallen, setzt ihr die Pistole an den Schädel, und BÄM! vorbei ist es.

Es klingelt wieder.
Ich mache die Tür auf.
Drei Kerle kommen rein. Immer diese Kerle. Eine Frau pißt nie auf meiner Veranda, eine Frau kommt kaum mal vorbei. Wie sollen mir da Gedanken an Sex kommen? Ich habe fast verlernt, wie man das macht. Aber es soll so sein wie Fahrradfahren, man verlernt es nie. Es ist besser als Fahrradfahren.
Es ist Crazy Jack mit zwei Kerlen, die ich nicht kenne.
»Hör mal, Jack«, sage ich, »ich dachte, ich wär dich endlich los.«
Jack setzt sich einfach. Die zwei andern Kerle setzen sich auch. Jack hat mir versprochen, nie wieder vorbeizukommen, aber meistens ist er voll Wein, und da sind Versprechungen nicht viel wert. Er wohnt bei seiner Mutter und gibt vor, Maler zu sein. Ich kenne vier oder fünf Kerle, die bei ihrer Mutter wohnen oder von ihrer Mutter unterstützt werden, und die Kerle geben alle vor, Genies zu sein. Und alle Mütter sind genauso: »Oh, Nelson hat man noch nie ein Werk abgenommen. Er ist seiner Zeit zu weit voraus.« Aber angenommen, Nelson ist ein Maler, der etwas in eine Ausstellung gekriegt hat: »Oh, Nelson hat diese Woche ein Bild bei Warner Finch in der Galerie hängen. Endlich wird sein Genie anerkannt! Er verlangt 4000 Dollar für das Werk. Meinen Sie, das ist zuviel?« Nelson, Jack, Biddy, Norman, Jimmy und Ketya. Ärsche.
Jack hat Bluejeans an, ist barfuß, ohne Hemd, Unterhemd, hat nur einen braunen Schal übergeworfen. Der eine Kerl hat einen Bart und grinst und wird dauernd rot. Der andere Kerl ist bloß dick. Irgendein Blutegel.
»Hast du Borst in letzter Zeit mal gesehn?« fragt Jack.
»Nein.« – »Gib mir eins von deinen Bieren.«
»Nein. Ihr Kerle kommt hier vorbei, sauft mir alles weg, und dann haut ihr ab, und ich sitz auf dem Trockenen.«

»Na schön.«

Er springt auf, rennt raus und holt sich seine Weinflasche, die er auf dem Verandastuhl unter einem Kissen versteckt hat. Er kommt zurück, schraubt den Deckel ab und suckelt dran.

»Ich bin unten in Venice gewesen, mit dem Zahn und hundert Rainbows. Ich dachte, ich hätte Bullen gesehn, und da bin ich mit dem Zahn und den hundert Rainbows zu Borst hochgerannt. Ich hab angeklopft und ihm gesagt: ›Schnell, laß mich rein! Ich hab hundert Rainbows, und die Bullen sind hinter mir her!‹ Borst hat die Tür wieder zugemacht. Ich hab sie eingetreten und bin mit dem Zahn reingestürzt. Borst lag auf dem Fußboden und war grade dabei, irgendeinem Kerl einen zu holen. Ich bin mit dem Zahn ins Badezimmer gerannt und hab die Tür abgeschlossen. Borst hat angeklopft. Ich hab gesagt: ›Wag's bloß nicht, hier reinzukommen!‹ Ich bin mit dem Zahn ungefähr 'ne Stunde da dringeblieben. Wir haben zwei Nummern geschoben, um uns zu amüsieren. Dann sind wir wieder rausgekommen.«

»Hast du die Rainbows ins Klo geschmissen?«

»Ach Quatsch, es war falscher Alarm. Aber Borst war ganz schön sauer.«

»Scheiße«, sage ich, »Borst hat seit 1955 kein anständiges Gedicht mehr geschrieben. Seine Mutter unterstützt ihn. Verzeih. Aber ich meine, außer Fernsehn, diesen köstlichen kleinen Sellerie und Grünzeug essen und in seiner dreckigen Unterwäsche übern Strand latschen, tut er doch nichts. Früher, als er noch bei diesen jungen Burschen in Arabien lebte, war er mal ein guter Dichter. Aber ich kann da kein Mitgefühl haben. Als Gewinner muß man ein bißchen auf Draht sein. Es ist, wie Huxley sagte, Aldous, das heißt: ›Jeder Mensch kann ein . . .‹«

»Wie kommst du so zurecht?« fragt Jack.

»Nichts als Ablehnungen«, sage ich.

Der eine Kerl fängt an, auf seiner Flöte zu spielen. Der Blutegel sitzt bloß da. Jack hebt seine Weinflasche. Es ist eine schöne Nacht in Hollywood, Kalifornien. Dann fällt der Kerl, der in dem Hof hinter mir wohnt, aus dem Bett; betrunken.

Es macht einen ganz schönen Bums. Ich bin das gewöhnt. Ich bin den ganzen Hinterhof gewöhnt. Alle sitzen sie in ihren Buden, die Jalousien runter. Mittags stehn sie auf. Ihre Autos hocken staubbedeckt vorne, die Reifen sind langsam platt, die Batterien schwach geworden. Sie mischen Drogen in ihre Drinks, und man weiß nicht, wovon sie leben. Ich mag sie. Sie lassen mich in Ruhe.

Der Kerl steigt ins Bett zurück, fällt wieder raus.

»Blöder Hund«, höre ich ihn sagen, »mach daß du wieder in dein Bett kommst.«

»Was ist denn das für'n Krach?« fragt Jack.

»Der Kerl hinter mir. Er ist sehr einsam. Trinkt ab und zu mal'n Bier. Voriges Jahr ist seine Mutter gestorben und hat ihm zwanzig Riesen hinterlassen. Er sitzt rum und wichst und guckt sich im Fernsehn Baseball und Cowboyschießereien an. Früher ist er Tankwart gewesen.«

»Wir müssen jetzt los«, sagt Jack. »Willst du mitkommen?«

»Nein«, sage ich.

Sie erklären mir, daß es was mit dem House of Seven Gables zu tun hat. Sie wollen wen treffen, der mal was mit dem House of Seven Gables zu tun gehabt hat. Es ist nicht der Autor, nicht der Produzent, nicht die Schauspieler, es ist jemand anderes.

»Ach nein«, sage ich, und alle rennen sie raus. Es ist ein schöner Anblick.

Dann setze ich mich wieder an die Affen. Vielleicht kann ich diese Affen irgendwie aufpeppen. Wenn ich sie alle zwölf auf einmal zum Ficken kriegte! Das ist es! Aber wie? Und warum? Ich werde noch verrückt. Nimm das Royal Ballet of London. Aber warum? Also okay, das Royal Ballet of London hat diese Idee. Zwölf fliegende Affen, während sie tanzen. Nur daß ihnen irgendwer vor der Aufführung die Spanische Fliege gibt. Nicht dem Ballett, den Affen. Aber die Spanische Fliege ist ein Märchen, nicht? Okay, dann bring noch einen wahnsinnigen Wissenschaftler rein, mit einer echten Spanischen Fliege! Nein, nein, oh mein Gott, ich krieg's einfach nicht hin!

Das Telefon klingelt. Ich nehme ab. Es ist Borst:

»Hallo, Hank?«

»Ja?«

»Ich muß es kurz machen. Bin pleite.«

»Ja, Jerry.«

»Also, ich habe meine zwei Geldgeber verloren. Die Effektenbörse und den letzten Dollar.«

»Ah hah.«

»Na, ich hab ja schon immer gewußt, daß das mal kommen würde. Ich hau also jetzt ab aus Venice. Ich kann's hier nicht schaffen. Ich geh nach New York City.«

»Was?«

»New York City.«

»Ich dachte, das wolltest du sowieso.«

»Ja, aber ich bin pleite, verstehst du, und ich glaube, da kann ich's wirklich schaffen.«

»Bestimmt, Jerry.«

»Daß ich meine Geldgeber verloren habe, ist das beste, was mir passieren konnte.«

»Tatsächlich?«

»Jetzt fühl ich wieder ein bißchen Kampfgeist in mir. Du hast ja wohl schon von Leuten gehört, die am Strand vergammeln. Ja, und das ist es, was ich hier unten gemacht habe: vergammeln. Ich muß hier raus. Und ich mach mir gar keine Sorgen. Bis auf die Koffer.«

»Was für Koffer?«

»Scheint so, als schaff ich's nicht, sie zu packen. Meine Mutter kommt also zurück aus Arizona und wohnt hier, solange ich weg bin, und irgendwann werd ich wohl wieder hier sein.«

»Na schön, Jerry.«

»Aber bevor ich nach New York gehe, mach ich noch einen Abstecher nach der Schweiz und vielleicht nach Griechenland.«

»Schön, Jerry, bleib in Kontakt. Ist immer schön, was zu hören.«

Dann sitze ich wieder an den Affen. Zwölf Affen, die fliegen können und dabei ficken. Wie kann man das drehn? Zwölf

Flaschen Bier sind weg. Im Kühlschrank finde ich meine Reserveflasche Scotch. Kaum ein Viertelliter. Ich mixe mir ein Glas mit einem Drittel Scotch und zwei Dritteln Wasser. Ich hätte in dem gottverdammten Postamt bleiben sollen. Aber selbst hier, wie jetzt, hast du noch 'ne kleine Chance. Bring einfach diese zwölf Affen zum Ficken. Wärst du als Kameljunge in Arabien geboren, würdest du nicht mal diese Chance haben. Also reiß dich zusammen und bring diese Affen in Schwung. Du bist mit ein bißchen Talent gesegnet worden und du bist nicht in Indien, wo dich wahrscheinlich zwei Dutzend Jungen unter den Tisch schreiben könnten – wenn sie schreiben könnten. Na, vielleicht nicht zwei Dutzend. Vielleicht bloß ein rundes Dutzend.

Ich mache den Scotch alle, trinke eine halbe Flasche Wein, gehe ins Bett, vergesse die ganze Geschichte.

Am nächsten Morgen um neun klingelt es. Da steht ein junges schwarzes Mädchen mit einem dumm dreinschauenden weißen Kerl mit randloser Brille. Sie erzählen mir, daß ich vorvorgestern abend auf einer Party versprochen hätte, mit ihnen zum Bootfahren zu gehen. Ich ziehe mich an und steige mit ihnen ins Auto. Sie fahren zu einem Apartment, und ein schwarzhaariger Jüngling kommt heraus. »Hallo, Hank«, sagt er. Ich kenne ihn nicht. Anscheinend bin ich ihm auf der Party begegnet. Er verteilt kleine orangefarbene Rettungsringe. Als nächstes weiß ich, daß wir unten an der Pier sind. Ich kann die Pier nicht vom Wasser unterscheiden. Sie helfen mir über ein schwingendes Holzding zu einer schwimmenden Anlegestelle hinunter. Das untere Ende von dem Holzding und die Anlegestelle sind ungefähr drei Fuß auseinander. Sie helfen mir hinunter.

»Was zum Henker soll das denn?« frage ich. »Hat irgendwer einen Drink?« Ich bin bei den falschen Leuten. Keiner hat einen Drink. Dann bin ich in einem kleinen Ruderboot, geliehen, und irgendwer hat da einen 0,5 PS Motor angebracht. Der Boden des Boots ist voll Wasser, in dem zwei tote Fische schwimmen. Ich kenne die Leute nicht. Aber sie kennen mich. Na, prima. Wir fahren hinauf aufs Meer. Ich kotze. Wir kommen an einem Suckelfisch vorbei, der dicht unter der Wasseroberfläche schwimmt. Ein Suckelfisch, denke ich, ein Suckelfisch, der um einen fliegenden Affen gewickelt ist. Nein, das ist schrecklich. Ich kotze wieder.

»Na, wie geht's dem großen Schriftsteller?« fragt der dumm dreinschauende Kerl im Bug des Bootes, der Kerl mit der randlosen Brille.

»Welchem großen Schriftsteller?« frage ich und denke, er meint Rimbaud, obwohl ich Rimbaud noch nie für einen großen Schriftsteller gehalten habe.

»Na dir«, sagt er.

»Mir?« sage ich. »Oh, prima. Ich glaube, nächstes Jahr geh ich nach Griechenland.«

»Siechenschmand?*« sagt er. »Du meinst für deinen Arsch?«

»Nein«, sage ich, »für deinen.«

Wir fahren hinaus aufs Meer, wo Conrad es geschafft hat. Scheiß der Hund auf Conrad. Ich werde Coca mit Bourbon trinken, in einem dunklen Schlafzimmer in Hollywood im Jahre 1970 oder in welchem Jahr du das hier lesen wirst. Im Jahr der Affen-Orgie, die niemals stattgefunden hat. Der Motor schnurrt und frißt sich ins Meer. Wir stampfen dahin nach Irland. Nein, es ist der Pazifik. Wir stampfen dahin nach Japan. Scheiß der Hund drauf.

* (Anm.: Im Original ein auf den nächsten Satz zielendes Lautspiel mit Greece und »grease« = Fett, Schmiere)

# Die kopulierende Nixe von Venice, Kalifornien

Die Kneipe hatte zugemacht, und bis zu ihrer Pension hatten sie noch ein paar Schritte zu gehen, und da war er: Auf der anderen Straßenseite, wo die Klinik für Unterleibsleiden stand, war der Leichenwagen vorgefahren.

»Ich glaube, heute is' DIE NACHT«, sagte Tony, »ich kann's im Blut spüren, wirklich!«

»Die Nacht für was?« fragte Bill.

»Paß auf«, sagte Tony, »wir wissen jetz' ziemlich genau, wie sie das machen. Wir holen uns eine! Wär doch irre! Hast du Mut?«

»Was'n los mit dir? Denkste etwa, bloß weil mir dieser Matrosenknilch den Arsch verdroschen hat, wär ich'n Feigling?«

»Das hab ich nich' gesagt, Bill.«

»*Du* bist'n Feigling! Ich kann dich verdreschen, leicht . . .«

»Ja. Ich weiß. *Da*von red ich doch gar nich'. Ich sage, komm, laß uns bloß ma' so zum Spaß 'ne Leiche klaun.«

»Scheiße! Laß uns ZEHN Leichen klaun!«

»Warte. Du bist jetzt betrunken. Laß uns warten. Wir wissen, wie sie das machen, wie sie vorgehn. Wir haben jede Nacht zugeguckt.«

»Und du bist nich' betrunken, eh? Sonst hätt'ste überhaupt nich' den MUT!«

»Still jetzt! Guck! Da kommen sie. Sie haben 'ne Leiche. Irgend so'n armer Kerl. Siehst du, wie sie ihm das Laken übern Kopf gezogen haben? Es ist traurig.«

»Ja, ich seh's. Und es *ist* traurig . . .«

»Okay, wir wissen, wie sie vorgehn: Wenn's nur eine Leiche is', werfen sie sie rein, zünden sich 'ne Zigarette an und fahren weg. Wenn's aber zwei Leichen sind, machen sie sich nich' die Mühe, den Wagen zweimal abzuschließen. Ganz kühle Typen. Für die is' das reine Routinesache. Wenn's zwei Leichen sind, lassen sie den ersten Kameraden einfach hinter dem Wagen auf der Rollbahre liegen, gehn wieder rein, holen die andere Leiche und werfen sie dann zusammen in den Wagen. Wie viele Nächte haben wir das jetzt schon mit angesehn?«

»Weiß nich'«, sagte Bill, »mindestens sechzig.«

»Okay, da is' also jetz' die eine Leiche. Wenn sie wieder reingehn, um noch eine zu holen – gehört die Leiche da uns. *Machst du mit, wenn sie wieder reingehn?*«

»Klar mach ich mit! Ich bin doppelt so mutig wie du!«

»Also okay dann, paß auf. Gleich wissen wir Bescheid ... Ups, da gehn sie schon. *Sie gehn wieder rein, um noch 'ne Leiche zu holen!*« sagte Tony. »Machst du jetzt mit?«

»Klar.«

Sie rannten über die Straße und schnappten sich die Leiche beim Kopf und bei den Füßen. Tony hatte den Kopf, diesen traurigen, so fest in das Laken gewickelten Kopf, während Bill sich die Füße schnappte.

Dann liefen sie über die Straße zurück, das reine weiße Leichentuch kam ins Flattern dabei, für Augenblicke war ein Fußgelenk zu sehen, ein Ellbogen, ein Stück Oberschenkelfleisch, und dann liefen sie die Eingangstreppen der Pension hinauf, kamen an die Tür, und Bill sagte: »Lieber Gott, wer hat den Schlüssel? Guck, wie ich Angst habe!«

»Viel Zeit haben wir nich'. Gleich kommen diese Scheißkerle mit der andern Leiche raus! Wir werfen ihn in die Hängematte! Schnell! Den gottverdammten Schlüssel müssen wir finden!«

Sie warfen die Leiche in die Hängematte. Im Mondlicht schaukelte sie hin und her.

»Können wir die Leiche nich' wieder *zurück*bringen?« fragte Bill. »Guter Gott, oh Mutter, oh Mächtiger, können wir die Leiche nich' zurückbringen?«

»Keine Zeit mehr! Zu spät! Sie würden uns sehn. HEY! WARTE!« rief Tony. »Ich *hab* den Schlüssel!«

»GOTTSEIDANK!«

Sie schlossen die Tür auf, schnappten sich das Ding in der Hängematte und liefen damit die Treppe hinauf. Tonys Zim-

mer kam zuerst. Erste Etage. Auf der Treppe bumsten sie
mit der Leiche ganz schön laut an Wand und Geländer.

Dann hatten sie sie vor Tonys Tür und legten sie hin, derweil
Tony nach seinem Türschlüssel suchte. Sie kriegten die Tür
auf, ließen die Leiche aufs Bett plumpsen und gingen zum
Kühlschrank; holten sich Tonys billige Gallone Muskateller,
leerten jeder ein halbes Wasserglas, füllten dann nach, kamen
zurück ins Schlafzimmer, setzten sich hin und blickten auf die
Leiche.

»Meinst du, irgendwer hat uns gesehn?« fragte Bill.

»Dann würden die Bullen wohl schon hier sein.«

»Ob sie die Gegend hier durchsuchen werden?«

»Das geht doch nich'. Die können doch nich' mitten in der
Nacht rumlaufen, an Türen klopfen und fragen: ›Haben Sie
einen Toten?‹«

»Ah ja Scheiße, wahrscheinlich hast du recht.«

»Klar hab ich recht«, sagte Tony. »Trotzdem, ich würd ums
Verrecken gern wissen, wie die zwei Typen sich gefühlt haben, als sie zurückkamen und gesehn haben, daß die Leiche
weg war. Muß irgendwie ganz schön komisch gewesen sein.«

»Ja«, sagte Bill, »bestimmt.«

»Na ja, komisch oder nich', wir haben die Leiche. Da *ist* sie,
vor uns auf dem Bett.«

Sie blickten auf das Ding unter dem Laken und leerten die
Gläser.

»Möchte wissen, wie lange der Bursche schon tot is'.«

»Nicht sehr lange, bestimmt nicht.«

»Wann fangen die wohl an, steif zu werden? Und wann fangen sie an zu stinken?«

»Bis die Totenstarre einsetzt, dauert's wohl schon'n Weilchen, glaub ich«, sagte Tony. »Aber zu stinken wird er wahrscheinlich bald anfangen. Is' genau wie Küchendreck, der in
der Spüle bleibt. Das Blut lassen sie, glaub ich, erst im Lei-
chenschauhaus ab.«

Und so tranken die zwei Betrunkenen weiter den Muskateller; zeitweilig vergaßen sie die Leiche sogar und sprachen auf
ihre recht unklare Weise von jenen unbestimmten und wich-

tigen Dingen, die es sonst noch gibt. Dann kamen sie wieder
auf die Leiche zurück.

Die Leiche war immer noch da.

»Was wollen wir damit machen?« fragte Bill.

»Ins Klo stellen, wenn er steif geworden is'. Is' mir noch
ziemlich schlaff vorgekommen, als wir'n getragen haben.
Wahrscheinlich war er erst vor 'ner halben Stunde gestorben
oder so.«

»Na gut, stelln wir'n ins Klo. Und was machen wir, wenn er
anfängt zu stinken?«

»Darüber hab ich noch nich' nachgedacht«, sagte Tony.

»Dann denk ma' darüber nach«, sagte Bill und goß sich kräftig ein.

Tony versuchte, darüber nachzudenken. »Du weißt ja, daß
wir dafür in'n Knast wandern können – *falls* sie uns je
schnappen, heißt das.«

»Na sicher. Und?«

»Und! 'n Fehler haben wir gemacht. Aber jetz' is' es zu
spät.«

»Zu spät«, wiederholte Bill.

»Also«, sagte Tony und füllte sein Glas aufs neue, »wenn wir
schon mit diesem Toten festsitzen, dann können wir'n uns
auch ruhig ma' angucken.«

»Ihn angucken?«

»Ja, ihn angucken.«

»Du traust dich das?« fragte Bill.

»Ich weiß nich'.«

»Haste Angst?«

»Na klar. Hab keine Übung in sowas«, sagte Tony.

»Na gut. Aber *du* ziehst das Laken zurück«, sagte Bill, »nur
gieß mir erst noch ma' ein. Gieß mir ein, dann zieh das Laken
zurück.«

»Okay«, sagte Tony.

Er füllte Bills Glas. Dann ging er zum Bett.

»Also schön«, sagte Tony, »hier KOMMT er!«

Tony zog das Laken glatt von dem Toten herunter. Er hielt
die Augen geschlossen.

»Guter GOTT!« sagte Bill. »Es is 'ne Frau! 'ne *junge* Frau!«

Tony machte die Augen auf. »Ja. *War* mal jung. Mensch, guck dir ma' dies lange blonde Haar an, das geht ja weiter runter als ihr Arschloch. Aber sie is' TOT! Schrecklich und endgültig tot, für immer. Eine Schande is' das! Ich begreif es nich'.

»Was glaubst du, wie alt sie war?«

»Tot *aussehn* tut sie mir nich'«, sagte Bill.

»Is' sie aber.«

»Aber guck dir diese *Brüste* an! Diese *Schenkel*! Diese *Muschi*! Diese Muschi: die sieht doch noch immer lebendig aus!«

»Ja«, sagte Tony, »die Muschi, heißt es, ist das erste, das kommt, und das letzte, das geht.«

Tony trat an die Muschi, berührte sie. Dann hob er eine Brust an und küßte das mausetote Ding. »Es is' so traurig, alles is' so traurig – daß wir unser ganzes Leben lang wie Idioten leben und dann schließlich sterben.«

»Du solltest die Leiche aber nicht anfassen«, sagte Bill.

»Sie is' schön«, sagte Tony, »sogar tot is' sie schön.«

»Ja, aber wenn sie lebendig wäre, würde sie so'n Penner wie dich nich' zweima' angucken. Das weißt du ja, nich'?«

»Na sicher! Und das is' grade der Punkt! Jetz' kann sie nich' sagen, ›NEIN!‹«

»Wovon redest du, zum Henker?«

»Ich meine«, sagte Tony, »mir steht der Schwanz. Und WIE ER MIR STEHT!«

Tony kam herüber und goß sich sein Glas aus der Gallonenkanne voll. Leerte es mit einem Zug.

Dann ging er wieder zum Bett und fing an, die Brüste zu küssen, strich mit den Fingern durch ihr langes Haar und *küßte* dann schließlich diesen toten Mund mit einem Kuß von den Lebenden zu den Toten. Und dann bestieg er sie.

Es war GUT. Tony rackerte und ackerte. Nie in all seinen Jahren hatte er einen solchen Fick gehabt! Er kam. Dann rollte er herunter, trocknete sich ab mit dem Laken.

Bill der bei der ganzen Sache zugesehn hatte, hob im trüben Licht der Lampe die Kanne Muskateller.

»Mensch, Bill, es war schön, schön!«

»Du bist wahnsinnig! Du hast grade 'ne tote Frau gefickt!«

Und *du* hast dein ganzes Leben lang tote Frauen gefickt – tote Frauen mit toten Seelen und toten Mösen – nur daß du's nich' gewußt hast! Tut mir leid, Bill, der Fick mit ihr war schön. Ich schäme mich kein bißchen.«

»War sie *so* gut?« fragte Bill.

»Unglaublich gut.«

Tony ging zum Badezimmer, um zu pissen. Als er zurückkam, hatte Bill die Leiche bestiegen. Bill war recht munter bei der Sache. Stöhnte und ächzte ein bißchen. Dann griff er nach oben, küßte diesen toten Mund und kam.

Bill rollte herunter, fiel auf den Rand des Lakens, wischte sich ab.

»Du hast recht, der beste Fick, den ich *je* hatte.«

Dann saßen sie beide in ihren Sesseln und sahen sie an.

»Möchte wissen, wie sie geheißen hat«, sagte Tony. »Ich hab mich verliebt.«

Bill lachte. »Jetzt *weiß* ich aber, daß du betrunken bist! Nur ein Vollidiot verliebt sich in eine lebende Frau; und dich hat jetzt 'ne tote geleimt.«

»Na bitte, bin ich eben geleimt«, sagte Tony.

»Schön, du bist geleimt«, sagte Bill, »und was machen wir jetzt?«

»Sie schleunigst hier rausschaffen!« sagte Tony.

»Und wie?«

»Genauso wie wir sie reingebracht haben – die Treppe runter.«

»Und dann?«

»Dann in dein Auto. Wir fahrn sie runter zum Venice Beach und werfen sie ins Meer.«

»Das is' aber kalt.«

»Sie wird's genauso wenig spüren wie sie deinen Schwanz gespürt hat.«

»Und was war mit deinem Schwanz?« fragte Bill.

»Den hat sie auch nich' gespürt«, sagte Tony.

Da lag sie auf dem Bettzeug, doppelt gefickt, zu Tode beglückt.

»Los, Baby, faß an!« schrie Tony.

Tony packte die Füße und wartete. Bill packte den Kopf. Als sie aus Tonys Zimmer hasteten, blieb die Tür offen stehn. Tony trat sie mit dem linken Fuß zu, dann eilten sie weiter zur Treppe. Das Laken war nicht mehr um die Leiche gewikkelt, sondern mehr oder weniger nur darübergeworfen. Wie ein nasser Geschirrlappen über einen Wasserhahn in der Küche. Und wieder bumsten sie laut mit ihrem Kopf, ihren Schenkeln und ihrem dicken Arsch gegen Stiegenwand und Geländer.

Sie warfen sie auf den Rücksitz von Bills Wagen.

»Warte, warte, Baby!« schrie Tony.

»Worauf?«

»Der Muskateller, Arschloch!«

»Ach ja, natürlich.«

Bill saß da und wartete, mit der toten Fotze auf dem Rücksitz.

Tony war ein Mann, der sein Wort hielt. Mit der Muskatellerkanne kam er aus dem Haus gerannt.

Sie erreichten den Freeway, die Kanne hin- und herreichend, immer kräftige Schlucke nehmend. Es war eine warme und schöne Nacht, und natürlich war der Mond voll. Aber Nacht war es eigentlich nicht mehr, inzwischen war es 4 Uhr 15 in der Früh. Eine gute Zeit jedenfalls.

Sie parkten. Dann nahmen sie noch einen Schluck von dem guten Muskateller, zogen die Leiche heraus und trugen sie auf einem langen und sandigen, sehr sandigen Weg zum Meer. Sie kamen hinunter auf jenen Teil des Sandes, den das Meer hin und wieder überspülte, jenen Teil, der naß war, durchtränkt, voll von kleinen Sandkrebsen und Luftlöchern. Sie legten die Leiche nieder und tranken aus der Kanne. Hin und wieder wälzte sich eine ausschweifende Woge ein wenig über sie alle hinweg; Bill, Tony und die tote Fotze.

Bill mußte aufstehen, um zu pissen, und da man ihm Moralbegriffe des 19. Jahrhunderts eingetrichtert hatte, entfernte er sich dazu ein Stückchen auf dem Strand. Als sein Freund dies tat, zog Tony das Laken zurück und blickte auf das tote Gesicht im Geschling und Gestrudel des Seetangs, in der salzigen Morgenluft. Tony blickte auf das Gesicht, und ein Stück weiter weg pißte Bill auf den Strand. Ein liebes, freundliches Gesicht, die Nase etwas zu spitz, aber ein sehr guter Mund, und dann – ihr Leib erstarrte bereits – beugte er sich über sie und küßte sie sehr zart auf den Mund und sagte: »Ich liebe dich, tote Fickse.«

Dann deckte er sie mit dem Laken zu.

Bill war fertig mit Pissen und kam zurück. »Ich brauch noch'n Schluck.«

»Na mach. Ich nehm auch einen.«

Dann sagte Tony: »Ich werd sie rausschwimmen.«

»Kannst du gut schwimmen?«

»Besonders gut nich'.«

»Ich bin'n guter Schwimmer. Ich schwimm sie raus.«

»NEIN! NEIN!« schrie Tony.

»Verdammtnochmal, hör auf zu brüllen!«

»Ich werd sie rausschwimmen!«

»Na gut! Na gut!«

Tony nahm noch einen Schluck, zog das Laken beiseite, hob sie auf und trug sie, Schritt für Schritt, zu den Brechern. Er war betrunkener als er gedacht hatte. Ein paarmal warfen die großen Wellen sie beide um, rissen sie ihm aus den Armen, und er mußte rennen, schwimmen, kämpfen, um die Leiche zu finden. Dann sah er sie – dieses lange, lange Haar. Sie war genau wie eine *Nixe*. Vielleicht *war* sie eine Nixe. Endlich hatte Tony sie hinter die Brecher bugsiert. Es war ruhig dort. In der Mitte zwischen Mond und Sonnenaufgang. Ein Weilchen trieb er so mit ihr. Es war sehr ruhig. Eine Zeit in der Zeit, und eine Zeit außerhalb der Zeit.

Endlich gab er der Leiche einen kleinen Schubs. Sie trieb davon, halb unter Wasser, umflossen von Strähnen langen Haars. Sie war noch immer schön, tot oder was immer sie war.

Langsam trieb sie fort von ihm, erfaßt von irgendeiner Gezeit. Die See hatte sie.

Dann wandte er sich plötzlich ab von ihr, versuchte zum Strand zurückzuschwimmen. Der schien sehr weit weg zu sein. Mit der letzten Kraftanstrengung schaffte er es, hereingewälzt vom Schub des letzten Brechers. Er rappelte sich auf, fiel, stand wieder auf, ging vorwärts, setzte sich neben Bill.

»Sie is' also weg«, sagte Bill.

»Ja. Haifraß.«

»Meinst du, ob sie uns je schnappen?«

»Nein. Gib mir'n Schluck.«

»Mach langsam. Wir sind bald auf Grund.«

»Ja.«

Sie kamen zurück zum Wagen. Bill fuhr. Auf der Heimfahrt stritten sie sich wegen der letzten Schlucke, dann dachte Tony an die Nixe. Er senkte den Kopf und fing an zu weinen.

»Du warst schon immer so'n Jammerlappen«, sagte Bill, »schon immer.«

Sie schafften es zurück bis zu der Pension. Bill ging in sein Zimmer, Tony in seines. Die Sonne kam hoch. Die Welt erwachte. Manche erwachten mit Katzenjammer. Manche erwachten mit Gedanken an die Kirche. Die meisten schliefen noch. Ein Sonntagmorgen. Und die Nixe, die Nixe mit diesem toten süßen Schwanz, die schwamm weit draußen im Meer. Während irgendwo ein Pelikan tauchte und mit einem glitzernden gitarrenförmigen Fisch wieder hochkam.

# Meine dickarschige Mutter

Sie waren zwei liebe Mädchen, Tito und Baby. Beide sahen sie aus wie fast 60, waren aber eher 40. All der Wein und die Sorgen. Ich war 29 und sah eher aus wie 50. All der Wein und die Sorgen. Ich hatte das Apartment zuerst gekriegt, und dann waren sie mit eingezogen. Daran störte sich der Hausmeister, der uns jedesmal die Bullen hochschickte, wenn wir auch nur das kleinste bißchen Krach machten. Ganz nervös machte einen das. Ich traute mich schon nicht mehr, in die Mitte vom Scheißbecken zu pissen.

Die beste Nummer war der SPIEGEL, wie ich mir selber zuguckte, aufgeschwemmter Bauch, mit Tito und Baby, tage- und nächtelang besoffen und kaputt, wir alle drei, das billige Radio dudelte mit völlig abgefackten Röhren auf dem abgelatschten Teppich, ah caramba, der SPIEGEL, und ich, wie ich mir zugucke und sage:

»Tito, er steckt dir im Arsch. Fühlst du's?«

»Oh ja, oh jaah – stoß ZU! Hey! Wo willst'n HIN?«

»Und jetzt du, Baby, du hast'n jetzt da vorne drin, hm? Fühlst'n? Den dicken blauroten Kopf wie 'ne Schlange, die Arien singt? *Fühlst* du mich, Süße?«

»Ooh Liebling, ich glaub, ich werd wahns ... HEY! Wo willst'n HIN?«

»Tito, ich bin wieder in deinem Donnerkrater. Ich reiß dich jetzt auf. Du hast keine Chance mehr!«

»Ooh Gott ooooh, HEY, wo willst'n HIN? Komm wieder rein da!«

»Ich weiß nich'.« – »Was weißte nich'?«

»Ich weiß nich', wem ich's geben soll. Was soll ich machen? Ich will euch beide, kann euch aber nich' beide ZUGLEICH haben! Und während ich zu einem Entschluß zu kommen suche, mach ich alle Qualen der Hölle durch, weil ich mich dauernd zurückhalten muß. Versteht denn keiner, was ich leide?«

»Nein, gib's doch einfach mir!«

»Nein, mir, mir!«

DANN DIE GEWALTIGE FAUST DES GESETZES.

Bum! BuM! BUM!

»Hey, was geht vor da drin?«

»Nix.«

»Nichts? Was soll denn dies dauernde Stöhnen und Rufen und Schreien? Es ist halb vier in der Früh. Unter Ihnen sind in 3 Etagen die Leute wach und wundern sich . . .«

»Es is' nix. Ich spiel mit meiner Mutter und Schwester Schach. Bitte gehn sie weg. Meine Mutter ist herzleidend. Sie machen ihr Angst. Und sie ist fertig bis auf den letzten Bauern.«

»Und SIE auch, Freundchen! Falls Sie's nicht wissen, hier ist zufällig die Polizei von Los Angeles . . .«

»Mein Gott, da wär ich nie drauf gekommen . . .«

»Jetzt sind Sie drauf gekommen. Also machen Sie auf, oder wir treten die Tür ein!«

Tito und Baby huschten in die entfernteste Ecke des Eßzimmers, wo sie sich hinhockten, einander bibbernd in den Armen hielten und ihre gealterten, verschrumpelten und kaputten Säuferkörper aneinanderschmiegten. Ein irrwitzig schönes Bild.

»Aufmachen, Freundchen, wir sind jetzt das fünfte Mal hier oben in den letzten 10 Tagen. Immer ist wegen derselben Sache angerufen worden. Denken Sie etwa, es macht uns Spaß, rumzulaufen und Leute zu verhaften?«

»Ja.«

»Obermeister Bradley sagt, es ist ihm egal, ob Sie schwarz sind oder weiß.«

»Sagen Sie Obermeister Bradley, ich empfinde da genauso.«

Ich blieb still. In der Ecke die zwei Huren, die unter der Stehlampe bibbernd ihre verschrumpelten Körper aneinanderkuschelten. Die angenehme und lastende Stille von Weidenlaub in einem unfreundlichen Matschwinter.

Sie hatten vom Hausmeister den Schlüssel gekriegt, und die

Tür stand einen Spalt offen, wurde aber gehalten von der Kette, die ich vorgelegt hatte. Der eine Bulle redete auf mich ein, während der andere mit einem Schraubenzieher versuchte, die Kette aus ihrer Schlitzhalterung zu fummeln. Ich ließ ihn machen, bis er sie fast draußen hatte, dann schob ich das Kettenende wieder hinein. Und die ganze Zeit steh ich da nackt und mit 'nem Steifen.

»Sie verletzen meine Rechte. Sie brauchen einen Durchsuchungsbefehl, um hier reinzukommen. Sie können nicht einfach nach eigenem Gutdünken gewaltsam hier eindringen. Was zum Teufel ist los mit euch Kerlen?«

»Welche von den beiden soll ihre Mutter sein?«

»Die mit dem dicksten Arsch.«

Der andere Bulle hatte die Kette wieder fast draußen. Ich schob sie mit dem Finger zurück.

»Nun los, lassen Sie uns rein. Wir wollen uns nur mit Ihnen unterhalten.«

»Worüber? Über die Wunder von Disneyland?«

»Nein, nein, aber Sie scheinen ein interessanter Mann zu sein. Wir wollen bloß reinkommen und miteinander reden.«

»Sie halten mich wohl für'n Trottel. Wenn ich mal so schwul werden sollte, daß ich scharf bin auf Armreifen, dann kauf ich sie mir bei Thrifty's. Ich habe mir nichts zuschulden kommen lassen als'n steifen Schwanz und'n lautes Radio, und bis jetzt haben Sie mich noch nicht darum gebeten, eins davon abzustellen.«

»Nun lassen Sie uns doch schon rein. Wir wollen ja bloß'n bißchen mit Ihnen reden.«

»Hörn Sie, Sie versuchen hier unbefugt einzudringen. Das ist Hausfriedensbruch. Ich habe den besten Anwalt der Stadt, und wenn . . .«

»Einen Anwalt? Wozu brauchen Sie denn'n Anwalt?«

»Der hilft mir schon seit Jahren – Mißachtung des Einberufungsbefehls, Exhibitionismus, Notzucht, Trunkenheit am Steuer, Ruhestörung, schwere tätliche Beleidigung, Brandstiftung – lauter so üble Anklagen.«

»Und die ganzen Fälle hat er gewonnen?«

»Er is' der beste. Also passen Sie auf, ich geb Ihnen jetzt drei Minuten. Entweder Sie hören auf, gewaltsam die Tür aufkriegen zu wollen und lassen mich in Ruhe, oder ich hol ihn ans Telefon. Er wird nicht sehr erfreut sein, um diese nachtschlafene Zeit geweckt zu werden. Er wird sich ihre Dienstnummern geben lassen.«

Die Bullen traten zurück und entfernten sich ein kleines Stück auf dem Gang. Ich horchte.

»Meinst du, der weiß, wovon er redet?«

»Ja, ich glaube schon.«

Sie kamen zurück.

»Ihre Mutter hat wirklich 'n dicken Arsch.«

»Zu schade, daß SIE'n nich' haben können, was?«

»Also schön, wir gehn jetzt, aber Sie halten Ruhe da drin. Machen Sie gefälligst das Radio aus und sorgen Sie dafür, daß dies Gestöhn und Geschrei aufhört.«

»In Ordnung, wir machen das Radio aus.«

Sie gingen weg. Was für eine Freude, sie weggehen zu hören! Was für eine Freude, einen guten Anwalt zu haben! Was für eine Freude, nicht ins Gefängnis zu kommen!

Ich machte die Tür zu.

»Alles okay, Mädchen, sie sind weg. Zwei nette junge Burschen auf'm Holzweg. Und jetzt guckt euch *das* an!«

Ich blickte nach unten. »Er ist weg, futsch.«

»Ja, futsch und weg«, sagte Baby. »Wo ist er nur hin? So traurig sieht er aus.«

»Scheiße«, sagte Tito, »wie'n totes Wiener Würstchen sieht er aus.«

Ich setzte mich in einen Sessel, goß mir Wein ein. Baby drehte uns drei Zigaretten.

»Wie steht's mit dem Wein?« fragte ich.

»Nur noch 4 Flaschen.«

»Große oder kleine?«

»Kleine.«

»Lieber Gott, wird Zeit, daß wir Glück haben.«

Ich nahm eine 4 Tage alte Zeitung zur Hand. Las die Witze; dann den Sportteil. Während ich las, kam Tito und sank vor mir auf den Teppich. Ich merkte, wie sie sich zu schaffen machte. Sie hatte einen Mund wie so ein Gummisaugnapf, mit dem man verstopfte Abflüsse freikriegt. Ich trank meinen Wein und paffte meine Zigarette.

Sie würden einem das Hirn aus dem Schädel suckeln, wenn man sie ließe. Ich glaube, wenn ich nicht da war, trieben sie's auch miteinander.

Ich kam zur Rennseite. »Nu sieh dir das an«, sagte ich zu Tito, »dies Pferd hat Zwischenzeiten von 22 zwölf auf die Viertelmeile, 44 achtundvierzig auf die halbe, dann 1 null-neun auf die $^3/_4$ Meile, es muß gedacht haben, das Rennen ginge nur über $^3/_4$ Meilen . . .«

*wörp wörp sluum*

   *wissaaa uup*

     *wop bop wop bop wop*

». . . doch es geht über $^5/_4$ Meilen, es versucht das Feld der andern abzuschlagen, mit 6 Längen Vorsprung geht es in die letzte Kurve, fällt zurück, das Pferd ist am Ende, es möchte wieder im Stall sein . . .«

*sllllörrp*

   *sllörrrrr wip wop wop*

     *wip wop wop*

»Jetzt prüf den Jockey – wenn's Blum ist, wird er mit 'ner Nasenlänge gewinnen. Es ist Volske. Er gewinnt mit $^3/_4$ Längen. Der Gewinn geht runter von 12 auf 8. Alles Stallgeld, Volske ist dem Publikum verhaßt. Volske und Harmatz. Und so setzen die Ställe die beiden zwei- oder dreimal pro Treffen auf die Guten, um das Publikum fernzuhalten. Wenn's diese beiden großen Reiter nicht gäbe, zur rechten Zeit, würd ich unten sein an der East 5th Street . . .«

»Oooh, du Schweinehund!« Tito hob den Kopf und schrie, schlug mir die Zeitung aus der Hand. Dann ging sie wieder ans Werk. Ich wußte nicht, was ich machen sollte. Sie war echt wütend. Dann kam Baby herüber. Baby hatte sehr gute Beine, und ich hob ihren lila Rock hoch und sah auf die Nylons. Baby beugte sich herab und küßte mich, schob mir ihre Zunge in den Hals, und ich legte die Hand auf ihr Hinterviertel. Ich saß in der Falle. Ich wußte nicht, was ich machen sollte. Ich brauchte einen Schluck. 3 miteinander eingesperrte Idioten. Oh Stöhnen und Flug der letzten Blaumeise ins Auge der Sonne, es war ein Spiel für Kinder, ein blödes Spiel.

Erstes Viertel in 22 fünfzehn, die Hälfte in 44 zwölf, sie hat's aufgeraucht, Sieg um Kopfeslänge, kalifornischer Regen auf meinem Körper. Lecker aufgebrochene Feigen wie große rote rausgesaugte Innereien in der Sonne, als deine Mutter dich haßte und dein Vater dich am liebsten umgebracht hätte und der Hinterhofzaun grün war und der Bank von Amerika gehörte, und Tito rauchte es auf, während ich Baby befingerte.

Dann trennten wir uns, jeder wartete, daß er ins Badezimmer konnte, um sich den Rotz von seiner Geschlechtsnase zu waschen. Ich war immer der letzte. Ich kam heraus und nahm eine von den Weinflaschen und ging zum Fenster und sah hinaus. – »Baby, dreh mir noch eine.«

Wir waren in der obersten Etage, der vierten, hoch oben auf einem Berg. Aber man kann Los Angeles unter sich liegen sehn und nichts mitkriegen, gar nichts. All diese schlafenden Menschen da unten, die darauf warten aufzustehn und an die Arbeit zu gehn. Es war idiotisch. Idiotisch, idiotisch und schrecklich. Bei uns stimmte es: Auge, sagen wir blau auf grün, tief durch Bohnenbeete starrend, eins ins andere, komm. – Baby brachte mir die Zigarette. Ich inhalierte und sah hinab auf die schlafende Stadt. Wir saßen da und warteten auf die Sonne oder auf was sonst da kommen würde. Ich mochte die Welt nicht, aber in ruhigen und beschaulichen Augenblicken konnte man sie fast verstehen.

Ich weiß nicht, wo Tito und Baby jetzt sind, ob sie tot sind oder was mit ihnen ist, aber diese Nächte damals waren gut, dies Zwacken in hochhackige Beine und Küssen von Nylonknien. All diese knalligen Kleider und bunten Höschen und das Neidischmachen der Polizei von L. A.

Frühling oder Blumen oder Sommer werden so nie wieder sein.

# Die Ermordung des Ramon Vasquez

Sie klingelten an der Tür. Zwei Brüder, Lincoln, 23, und Andrew, 17.

Er kam selber aufmachen.

Da war er nun. Ramon Vasquez, der alte Star des Stummfilms und der ersten Tonfilme. Er war jetzt in den Sechzigern, hatte aber noch immer dasselbe feine Äußere. Früher, auf der Leinwand und auch sonst, hatte er das Haar dick mit Vaseline beschmiert und glatt zurückgekämmt, sehr streng. Und mit der langen schmalen Nase und dem dünnen Oberlippenbärtchen und der Art, wie er den Damen tief in die Augen blickte – nun, das war einfach zu viel. »Der Große Liebhaber« wurde er genannt. Die Damen schmolzen, wenn sie ihn auf der Leinwand erblickten. »Schmolzen«, das war das Wort der Filmkritiker. Aber in Wirklichkeit war Ramon Vasquez ein Homosexueller. Jetzt war sein Haar von stattlichem Weiß, und das Oberlippenbärtchen war nicht mehr ganz so dünn.

Es war eine kühle kalifornische Nacht, und Ramons Haus stand einsam in einer Berglandschaft. Die Jungens hatten Armee-Hosen an und weiße T-shirts. Beide waren sie athletisch gebaut und hatten recht freundliche Gesichter, freundliche und wie um Entschuldigung bittende Gesichter.

*Diese Geschichte ist Fiktion, und alle Begebenheiten oder auch nur annähernd ähnliche Begebenheiten, die sich im Leben ereignet haben, haben den Autor nicht für oder gegen irgendwelche beteiligten oder unbeteiligten Personen eingenommen; mit andern Worten, Geist, Phantasie, Schöpferdrang durften sich frei entfalten, und das bedeutet erdichten – was hier bedingt ist durch ein Zusammenleben mit der Gattung Mensch, das in einem Jahr ein halbes Jahrhundert währen wird . . .; was nicht mit beschränkter Sicht einen bestimmten Fall im Auge hat oder bestimmte Fälle, Zeitungsberichte und dergleichen; und was nicht beabsichtigt, irgendeinem meiner Mitgeschöpfe, das vielleicht in Umstände verwickelt ist, die denen der folgenden Geschichte gleichen, wehzutun, zu nahe zu treten oder Unrecht zu tun.

Lincoln war der Wortführer. »Wir haben viel über Sie gelesen, Mr. Vasquez. Entschuldigen Sie die Störung, aber wir interessieren uns ernsthaft für Hollywood-Idole und haben herausgefunden, wo Sie wohnen, und da wir grade vorbeifuhren, konnten wir nicht widerstehn, bei Ihnen zu klingeln.«

»Ist es nicht kalt da draußen, Jungens?«

»Oh ja, das ist es.«

»Wollt ihr nicht auf ein Weilchen hereinkommen?«

»Wir möchten Sie nicht stören; nicht, daß wir Sie irgendwie aufhalten.«

»Nein, keine Sorge. So tretet doch ein. Ich bin alleine.«

Die Jungens gingen hinein. Standen mitten im Zimmer und sahen sich ziemlich unbeholfen und verwirrt um.

»Ah, *bitte,* setzt euch doch!« sagte Ramon. Er wies auf ein Sofa. Die Jungens gingen hin und setzten sich, ziemlich steif. Im Kamin brannte ein kleines Feuer. »Ich hol euch was, damit ihr warm werdet. Momentchen bitte.«

Ramon kam mit irgendeinem guten französischen Wein zurück, öffnete die Flasche, entfernte sich wieder und brachte 3 gekühlte Gläser. Er goß ein.

»Trinkt ein Schlückchen. Sehr guter Tropfen.«

Lincoln leerte sein Glas ziemlich schnell. Andrew, der zusah, tat es ihm nach. Ramon goß aufs neue ein.

»Ihr seid Brüder?«

»Ja.«

»Dacht ich mir.«

»Ich bin Lincoln. Er ist mein jüngerer Bruder, Andrew.«

»Ah ja. Andrew hat ein sehr feines und faszinierendes Gesicht. Ein tiefsinniges Gesicht. Es hat auch ein bißchen was Grausames. Vielleicht gerade das richtige *Quentchen* Grausamkeit. Hmmm, könnte ihn beim Film unterbringen. Ich habe da immer noch 'n bißchen Einfluß, wißt ihr.«

»Und was ist mit meinem Gesicht, Mr. Vasquez?« fragte Lincoln.

»Nicht so fein, und grausamer. So grausam, daß es von fast animalischer Schönheit ist; das, und mit deinem Körper . . . verzeih, aber du siehst aus wie so ein riesiger Affe, der sich den größten Teil seiner Haare abrasieren ließ. Aber . . . ihr gefallt mir sehr – ihr *strahlt* etwas aus . . . irgend etwas.«

»Vielleicht is' es Hunger«, sagte Andrew, der zum erstenmal sprach. »Wir sind grade erst wieder in der Stadt. Von Kansas runtergekommen. Zwei Platte. Dann is' uns auch noch einer von den gottverdammten Zylindern ausgefallen. Das hat unser ganzes Geld aufgefressen – die Reifen und Reparaturkosten. Jetzt sitzen wir blöde da – 'n 56er Plymouth – keinen Zehner bringt uns der auf'm Schrottplatz.«

»Ihr habt Hunger?«

»Und wie!«

»Na um Himmelswillen, wartet, da läßt sich ja Abhilfe schaffen, ich hol euch was, ich mach euch was. Trinkt aus inzwischen!«

Ramon ging in die Küche. Lincoln hob die Flasche und trank daraus. Lange Zeit. Dann gab er sie Andrew: »Mach sie leer.«

Andrew hatte gerade die Flasche geleert, als Ramon mit einer großen Platte zurückkam – entkernte und gefüllte Oliven; Käse, Salami, Pastrami, Knäckebrot, Perlzwiebeln, Schinken und lecker bereitete harte Eier.

»Oh, der Wein! Ihr habt ihn alle! Schön!«

Ramon ging fort, kam zurück mit zwei gekühlten Flaschen. Öffnete beide.

Die Jungens fielen über das Essen her. Im Nu hatten sie es weggeputzt. Die Platte war leer.

Dann nahmen sie den Wein in Angriff.

»Haben Sie Bogart gekannt?«

»Ah, nur flüchtig.«

»Und die Garbo?«

»Natürlich, seid nicht albern.«

»Und Gable?«

»Nur flüchtig.«

»Cagney?«

»Nein, Cagney überhaupt nicht. Wißt ihr, die meisten, die ihr da genannt habt, kamen aus ganz verschiedenen Epochen. Manchmal glaube ich, daß einige der späteren Stars es mir verübelten, *noch* verübeln, daß ich den größten Teil meines Geldes verdient habe, bevor der Zahn der Steuer allzu tief zubiß. Aber dabei vergessen sie, daß ich – mal rein zahlenmäßig gesehn – nie deren inflationäre Summen verdient habe; die sie jetzt mit Hilfe von Steuerberatern zu schützen lernen, die ihnen alle Steuertricks zeigen – Re-Investierung und so weiter. Trotzdem, auf Partys schafft das alles gemischte Gefühle. Sie halten *mich* für reich, ich halte *sie* für reich; und alle machen wir uns zu viel Sorgen um Geld und Ruhm und Macht. Ich, ich hab grad nur so viel übrig, daß ich bequem leben kann bis ich sterbe.«

»Wir haben über Sie nachgelesen, Ramon«, sagte Lincoln. »Ein Autor, nein, zwei Autoren behaupten, Sie hätten immer 5 Riesen in bar in Ihrem Haus versteckt. 'ne Art Taschengeld. Und daß Sie kein großes Vertrauen zu Banken und dem Banksystem haben.«

»Ich weiß nicht, wo ihr das her habt. Es ist nicht wahr.«

»SCREEN«, sagte Lincoln, »Septembernummer 1968. THE HOLLYWOOD STAR, YOUNG AND OLD, Januarnummer 1969. Wir haben die Zeitschriften sogar draußen im Auto.«

»Es ist nicht wahr. Das einzige Geld, das ich im Haus habe, ist in meiner Brieftasche, 20 oder 30 Dollar, und das ist alles.«

»Lassen Sie sehn.«

»Aber bitte.«

Ramon zog seine Brieftasche. Ein Zwanziger war darin und drei Einer.

Lincoln schnappte sich die Brieftasche. »Die gehört mir!«

»Was ist denn in dich gefahren, Lincoln? Wenn du das Geld willst, nimm's dir. Aber gib mir meine Brieftasche zurück. Da sind meine Papiere drin – Führerschein, alles was man so braucht.«

»Fick dich!«

»Was?«

»Ich sagte, ›FICK DICH!‹«

»Tja, Jungens, wenn das *so* ist, werd ich euch wohl bitten

müssen, das Haus zu verlassen. Ihr werdet mir ein bißchen frech!«

»Is' noch Wein da?«

»Aber ja, Wein ist noch da! Könnt ihr haben, alles, zehn oder zwölf Flaschen beste französische Weine. Bitte nehmt sie und geht! Ich bitte euch!«

»Angst um deine 5 Riesen?«

»Ich sag's euch doch, ehrlich, hier sind keine 5 Riesen versteckt. Wirklich, so wahr ich hier sitze, hier gibt's keine 5 Riesen!«

»Du verlogener Schwanzlutscher!«

»Warum müßt ihr so unflätig sein?«

»Schwanzlutscher! SCHWANZLUTSCHER!«

»Ich habe euch gastlich bewirtet und bin freundlich zu euch gewesen, und ihr werdet jetzt brutal und unverschämt.«

»Gastlich bewirtet! Mit diesem Scheißfraß? Nennst du *sowas* Essen?«

»Was war denn nicht in Ordnung damit?«

»SCHWULENFRASS!«

»Wie soll ich das verstehn?«

»Kleine eingelegte Oliven ... gefüllte Eier. *Männer* essen so'n Scheiß nich'!«

»Ihr habt ihn gegessen.«

»Oh, auch noch 'ne Lippe riskieren, SCHWANZLUTSCHER?«

Lincoln stand vom Sofa auf, ging zu Ramon, der in seinem Sessel saß, und schlug ihn ins Gesicht, fest, mit offener Hand. Dreimal. Lincoln hatte große Hände.

Ramon senkte den Kopf, begann zu weinen. »Es tut mir leid. Ich wollt es nur so schön machen, wie ich konnte.«

Lincoln sah seinen Bruder an. »Siehst du ihn? Den verfickten Süßen? HEULT WIE'N BABY! MENSCH, WERD ICH DEN ZUM HEULEN BRINGEN! *RICHTIG* ZUM HEULEN BRINGEN! ES SEI DENN, ER SPUCKT DIESE 5 RIESEN AUS!«

Lincoln nahm eine Weinflasche und ließ es lange in sich hineinlaufen.

»Trink aus«, sagte er zu Andrew. »Es gibt Arbeit für uns.«
Andrew trank aus seiner Flasche, ebenso lange.

Dann, während Ramon weinte, saßen sie da, tranken Wein, blickten einander an und dachten nach.

»Weißt du, was ich machen werde?« fragte Lincoln seinen Bruder.

»Was?«

»Ich werd ihn meinen Schwanz lutschen lassen!«

»Warum?«

»Warum? Na, einfach zum Spaß, *darum*!«

Lincoln nahm wieder einen Schluck, ging dann zu Ramon, faßte ihn unters Kinn und hob ihm den Kopf.

»Hey, Mutter . . .«

»Was? Oh bitte, BITTE LASST MICH IN RUHE!«

»Du wirst jetzt meinen Schwanz lutschen, SCHWANZLUTSCHER!«

»Oh nein, bitte!«

»Wir wissen, daß du'n Warmer bist! Mach dich fertig, Mutter!«

»NEIN! BITTE! BITTE!«

Lincoln zog den Reißverschluß runter.

»MACH DEN MUND AUF!«

»Oh, nein, bitte!«

Als Lincoln Ramon diesmal schlug, war seine Hand geschlossen.

»Ich liebe dich, Ramon: LUTSCH!«

Ramon machte den Mund auf. Lincoln schob ihm seine Schwanzspitze zwischen die Lippen.

»Wenn du mich beißt, Mutter, BRING ICH DICH UM!«

Unter Tränen begann Ramon zu saugen.

Lincoln schlug ihm auf die Stirn.

»Bißchen mehr BEWEGUNG! Bring ma'n bißchen Leben da rein!«

Ramon bewegte sich schneller vor und zurück, setzte die Zunge ein. Dann, als Lincoln merkte, daß er kam, packte er Ramons Hinterkopf und stieß tief hinein. Ramon würgte, röchelte. Lincoln ließ ihn drin, bis er sich entleert hatte.

»So! Jetzt lutsch ihn meinem Bruder!«

Andrew sagte: »Linc, ich möchte lieber nicht.«

»Hast du Schiß?«

»Nein, das ist es nicht.«

»Keinen Mumm?«

»Nein, nein . . .«

»Nimm noch 'n kräftigen Schluck.«

Andrew trank. Überlegte einen Augenblick. »Na gut, er kann meinen Schwanz lutschen.«

»DANN BRING IHN DAZU!«

Andrew stand auf, zog den Reißverschluß runter.

»Fertigmachen zum Blasen, Mutter.«

Ramon saß nur da und weinte.

»Heb ihm den Kopf an. Er hat das echt gern.«

Andrew hob Ramon den Kopf. »Ich möchte dich nich' schlagen, Alter. Komm, mach den Mund auf. Es dauert nich' lange.«

Ramon öffnete die Lippen.

»Da«, sagte Lincoln, »siehst du, er tut's. Überhaupt keine Schwierigkeit.«

Ramon bewegte den Kopf vor und zurück, ließ die Zunge spielen, und Andrew kam. – Ramon spuckte es auf den Teppich.

»Sauhund!« sagte Lincoln. »Du sollst es doch schlucken!«

Er ging hinüber und schlug Ramon, der aufgehört hatte zu weinen und aussah, als wäre er in irgendeiner Art Trance.

Die Brüder setzten sich wieder, leerten ihre Weinflaschen, fanden in der Küche noch mehr. Brachten sie mit heraus, entkorkten sie und tranken noch etwas weiter.

Ramon Vasquez sah bereits aus wie die Wachsfigur eines toten Stars im Hollywoodmuseum.

»Wir nehmen uns die 5 Riesen und dann haun wir ab«, sagte Lincoln.

»Er hat doch gesagt, hier is' kein Geld.«

»Schwule sind von Natur aus Lügner. Ich hol das schon raus aus ihm. Du bleibst einfach hier sitzen und vergnügst dich mit deinem Wein. Ich werd mich um diesen Anfänger mal kümmern.«

Lincoln hob Ramon auf, lud ihn sich auf die Schulter und trug ihn ins Schlafzimmer.

Andrew saß da und trank den Wein. Er hörte, daß im Schlafzimmer gesprochen und gebrüllt wurde. Dann sah er das Telefon. Er wählte eine New Yorker Nummer. Dort lebte sein Mädchen. Sie hatte Kansas City verlassen, um groß herauszukommen. Aber sie schrieb ihm noch. Es waren lange Briefe. Sie wurschtelte noch immer herum.

»Wer?«

»Andrew.«

»Oh, Andrew, ist irgendetwas passiert?«

»Hast du schon geschlafen?«

»Ich wollte grade ins Bett.«

»Allein?«

»Natürlich.«

»Nein, es is' nix passiert. Hier will mich so'n Knabe beim Film unterbringen. Er sagt, ich hätt'n feines Gesicht.«

»Na wunderbar, Andrew! Du hast auch 'n schönes Gesicht, und ich liebe dich, das weißt du.«

»Na klar. Wie geht's'n dir so, Kätzchen?«

»Nicht so besonders, Andy. New York ist 'ne kalte Stadt. Alle wollen sie einem ins Höschen, das ist das einzige. Ich arbeite als Kellnerin, es ist schrecklich, aber ich glaube, ich krieg 'ne Rolle in'nem Off-Broadway-Stück.«

»Und was is' das für'n Stück?«

»Och, ich weiß nich'. Scheint'n bißchen zickig zu sein. Von 'nem Nigger geschrieben.«

»Trau diesen Niggern nich', Baby.«

»Tu ich auch nich'. Es ist nur, weil so 'ne Erfahrung ja nich' schaden kann. Und sie haben 'ne Schauspielerin mit irgend 'nem großen Namen, die spielt für umsonst.«

»Na, das is' ja in Ordnung. Aber trau diesen Niggern nich'!«

»Ich bin doch nich' blöd, Andy. Ich trau keinem. Es is' nur wegen der Erfahrung.«

»Wer is' denn der Nigger?«

»Ich weiß nich'. Irgend so'n Stückeschreiber. Alles, was er

tut, is' rumsitzen und Gras rauchen und über Revolution quatschen. Das is' jetzt *die* Sache. Wir müssen da mitmachen, bis sich das totgelaufen hat.«

»Dieser Stückeschreiber, der fickt nicht mit dir?«

»Sei kein Blödmann, Andrew. Ich bin nett zu ihm, aber er is' eben ein Heide, ein Tier . . . Und ich hab's so satt, Kellnerin zu sein. Alle diese Klugscheißer, die einen in'n Arsch kneifen, weil sie'n paar Cents Trinkgeld liegenlassen. Es ist schrecklich.«

»Ich denke immerzu an dich, Baby.«

»Und ich denk an dich, altes pretty face, alter Dickpimmel-Andy. Und ich liebe dich.«

»Lustig, wie du manchmal redest, lustig und echt, und deswegen lieb ich dich, Baby.«

»Hey! Was is' denn das für'n GESCHREI, das ich da dauernd höre?«

»Nix als Unsinn, Baby. 'ne große wüste Party hier in Beverly Hills. Du kennst ja diese Schauspieler.«

»Hört sich ja an, wie wenn wer umgebracht wird.«

»Mach dir keine Gedanken, Baby. Es ist nur Unsinn. Alle sind betrunken. Irgendwer übt seinen Text. Ich liebe dich. Ich ruf bald wieder an oder schreibe.«

»Ja bitte, Andrew, tu das, ich liebe dich.«

»Nacht, Süße.«

»Gutnacht, Andrew.«

Andrew legte auf und ging ins Schlafzimmer. Da lag Ramon auf dem großen Doppelbett. Ramon war sehr blutig. Das Bettzeug war sehr blutig.

Lincoln hatte diesen Rohrstock in der Hand. Es war der berühmte Stock, den Der Große Liebhaber in den Filmen benutzt hatte. Der Stock war von oben bis unten voll Blut.

»Der Hurensohn will nich' auspacken«, sagte Lincoln. »Hol mir noch 'ne Flasche Wein.«

Andrew kam mit dem Wein zurück, entkorkte die Flasche, und Lincoln nahm einen langen Zug.

»Vielleicht sind keine 5 Riesen hier«, sagte Andrew.

»Die sind hier. Und wir brauchen sie. Schwule sind schlimmer als Juden. Ich meine, Juden würden lieber sterben, als einen Penny aufzugeben. Und Schwule LÜGEN! Kapiert?«

Lincoln blickte wieder auf den Körper auf dem Bett.

»Wo hast du die 5 Riesen versteckt, Ramon?«

»Ich schwöre . . . ich schwöre . . . aus tiefster Seele, hier sind keine 5 Riesen, ich schwöre! Ich schwöre!«

Wieder ließ Lincoln den Stock auf das Gesicht des Großen Liebhabers knallen. Noch ein Schlag. Blut lief. Ramon wurde bewußtlos.

»So hat's keinen Zweck. Bring ihn unter die Dusche«, sagte Lincoln zu seinem Bruder. »Mach ihn wieder munter. Wasch ihm das Blut ab. Wir fangen nochmal ganz von vorne an. Diesmal – nicht nur das Gesicht, sondern auch Schwanz und Eier. Der redet schon noch. Jeder redet dann. Geh ihn saubermachen, ich nehm derweil noch'n paar Schlückchen.«

Lincoln ging hinaus. Andrew blickte auf die blutende rote Masse, würgte einen Moment, erbrach sich dann auf den Fußboden. Er hob den Körper auf, trug ihn zum Badezimmer. Ramon schien für einen Moment zu sich zu kommen.

»Heilige Maria, Heilige Maria, Mutter Gottes . . .«

Er sagte es noch einmal auf dem Weg zum Badezimmer.

»Heilige Maria, Heilige Maria, Mutter Gottes . . .«

Als Andrew ihn im Badezimmer hatte, zog er Ramon die blutdurchtränkten Sachen aus, dann sah er die Duschkabine, legte Ramon auf den Fußboden und hielt die Hand unter das Wasser, bis es die richtige Temperatur hatte. Dann zog er sich selber Schuhe und Strümpfe, Hose, Shorts und T-shirt aus und stieg mit Ramon unter die Dusche, hielt ihn unter dem Wasser hoch. Das Blut wurde langsam abgespült. Andrew sah zu, wie das Wasser die grauen Haare platt an den Schädel dieses einstigen Idols der Weiblichkeit klatschte. Ramon sah nur noch aus wie ein trauriger, in Selbstmitleid versunkener alter Mann.

Dann, einem plötzlichen Einfall folgend, drehte Andrew das heiße Wasser ab und ließ nur noch das kalte laufen.

Er brachte den Mund an Ramons Ohr.

»Alles, was wir wollen, Alter, sind deine 5 Riesen. Dann haun wir ab. Rück einfach die Kohle raus, und wir lassen dich in Ruhe, verstanden?«

»Heilige Maria . . .«, sagte der alte Mann.

Andrew hob ihn aus der Duschkabine. Brachte ihn zurück ins Schlafzimmer, legte ihn aufs Bett. Lincoln hatte eine neue Flasche Wein in Arbeit.

»Okay«, sagte er, »diesmal *redet* er!«

»Ich glaube nicht, daß er die 5 Riesen hat. Ich würde wegen 5 Riesen nicht solche Prügel einstecken.«

»Doch, er hat sie! Er is'n Schwulenjiddenniggerschwein! Diesmal REDET er!«

Lincoln gab Andrew die Flasche, der sofort daraus trank.

Lincoln hob den Stock auf:

»So! Schwanzlutscher! WO SIND DIE 5 RIESEN?«

Von dem Mann auf dem Bett kam keine Antwort. Lincoln drehte den Stock um, das heißt, er nahm das gerade Ende in die Hand. Dann schlug er das gekrümmte Ende auf Ramons Schwanz und Eier.

Von dem Mann war bis auf ein unablässiges Stöhnen nicht mehr viel zu hören.

Ramons Geschlechtsorgane wurden fast vollständig zerschlagen. Lincoln machte einen Moment Pause, um einen kräftigen Schluck Wein zu nehmen, dann faßte er erneut den Stock und fing an, überall hinzuschlagen – auf Ramons Gesicht, Bauch, Hände, Nase, Kopf, überall hin, ohne noch länger nach den 5 Riesen zu fragen. Ramons Mund stand offen. Und das Blut, das aus der gebrochenen Nase und aus anderen Stellen des Gesichts kam, lief in seinen Mund. Er schluckte es herunter und ertrank in seinem eigenen Blut. Dann war er sehr still, und der dreschende Stock bewirkte nur noch sehr wenig.

»Du hast ihn umgebracht«, sagte Andrew, der von seinem Sessel aus zugesehen hatte, »und er wollte mich beim Film unterbringen.«

»Ich hab ihn nicht umgebracht«, sagte Lincoln, »du hast ihn umgebracht! Ich hab da gesessen und zugeguckt, wie du ihn mit seinem eigenen Stock totgeschlagen hast. Mit dem Stock, der ihn in seinen Filmen berühmt gemacht hat!«

»Was für'n Scheiß«, sagte Andrew, »jetzt redest du aber wirklich wie einer, der seinen Verstand versoffen hat. Hauptsache ist jetzt, hier zu verduften. Den Rest erledigen wir später. Der Kerl ist tot. Laß abhaun!«

»Erst ma'«, sagte Lincoln, »hab ich über so 'ne Sache Kriminalzeitschriften gelesen. Erst ma' knallen wir denen was vor die Platte. Wir tauchen die Finger in sein Blut und schreiben denen 'n paar Sprüche an die Wände und so.«

»Was denn?«

»Na, etwa: ›FICKT DIE SCHWEINE! TOD DEN SCHWEINEN!‹ Dann wird irgend'n Name auf das Kopfbrett geschrieben, ein Männername – sagen wir ›Louie‹. Okay?«

»Okay.«

Sie tauchten ihre Finger in sein Blut und schrieben ihre kleinen Sprüche. Dann gingen sie nach draußen.

Der 56er Plymouth sprang an. Mit Ramons 23 Dollar und dem gestohlenen Wein rollten sie nach Süden. An der Ecke Sunset und Western sahen sie zwei Mädchen in Minis, die per Anhalter trampten. Sie hielten bei ihnen. Nach einem cleveren Wortgeplänkel stiegen die zwei Mädchen ein. Das Auto hatte ein Radio. Das wahr ungefähr alles, was es hatte. Sie stellten es an. Flaschen teuren französischen Weins rollten im Auto herum.

»Hey«, sagte das eine Mädchen, »ich glaube, diese Jungens sind'n paar tolle Swinger!«

»Hey«, sagte Lincoln, »laßt uns doch zum Strand runterfahren. Wir legen uns in den Sand, trinken den Wein und gucken zu, wie die Sonne hochkommt!«

»Okay«, sagte das andere Mädchen.

Andrew schaffte es, eine Flasche zu entkorken, es war nicht einfach – er mußte sein Taschenmesser benutzen, dünne Klinge – Ramon und Ramons schönen Korkenzieher hatten sie zurückgelassen – und das Taschenmesser funktionierte nicht ganz so wie ein Korkenzieher – mit jedem Schluck Wein mußte man ein bißchen Korken mittrinken.

Vorne hatte Lincoln wohl schon einigen Spaß, da er aber fahren mußte, konnte er seine mehr oder weniger nur in Gedanken rumkriegen. Auf dem Rücksitz hatte Andrew bereits die Hand auf ihren Oberschenkeln, dann schob er das Höschen ein Stück zur Seite, es war Schwerarbeit, und dann hatte er seinen Finger hineingekriegt. Plötzlich entzog sie sich ihm, schob ihn weg und sagte: »Ich finde, wir sollten einander erst mal besser kennen.«

»Versteht sich«, sagte Andrew, »bis wir am Strand sind und anfangen können, haben wir noch 20 oder 30 Minuten Zeit. Mein Name«, sagte Andrew, »ist Harold Anderson.«

»Ich heiße Claire Edwards.«

Wieder gingen sie in den Clinch.

Der Große Liebhaber war tot. Aber es würde andere geben. Auch viele nur Gernegroße. Von denen am meisten. So liefen die Dinge eben. Oder sie liefen auch nicht.

# Ein Saufkumpel

Ich lernte Jeff in einem Lagerhaus für Autoteile in der Flower Street kennen – oder vielleicht war es auch die Figueroa Street, ich verwechsel die beiden immer. Na, jedenfalls ich war bei der Annahme, und Jeff war mehr oder weniger der Kalfaktor. Er lud gebrauchte Teile ab, kehrte die Fußböden, hängte Papier in die Scheißhäuser und so weiter. Ich hatte auch schon solche Dreckjobs gemacht, im ganzen Land, und deswegen blickte ich nie auf diese Leute herab. Ich hatte gerade eine üble Weibergeschichte hinter mir, die mir fast den Rest gegeben hätte. Vorläufig hatte ich mal wieder die Nase voll von Frauen, und als Ersatz setzte ich auf Pferde, wichste und soff. Offen gesagt, wenn ich das tat, war ich immer besser dran, und jedesmal, wenn ich so weit kam, dachte ich, Schluß jetzt mit den Weibern, endgültig, scheiß der Hund drauf. Natürlich tauchte dann immer eine andere auf – sie brachten einen zur Strecke, egal wie gleichgültig man auch war. Ich glaube, wenn man so richtig gleichgültig wurde, wollten sie's einem erst recht zeigen, wie sie einen fertigmachen können. Frauen schafften das; egal wie stark man war, Frauen schafften das. Ich war aber jedenfalls in diesem ruhigen, ungebundenen Zustand, als ich Jeff kennenlernte – unbeweibt –, und es war nichts Homosexuelles dabei. Einfach nur zwei Burschen, die von ihrem Glück lebten, herumreisten und von den Damen gesengt worden waren. Ich weiß noch, wie ich mal im Green Light war – ich saß abseits an einem Tisch vor meinem Bier und las die Rennergebnisse –, und diese Bande redete über irgendwas, als ich wen sagen hörte: ». . . ja, und den Bukowski hat die kleine Flo anständig gesengt. Hat sie dich nich' anständig gesengt, Bukowski?«
Ich sah auf. Die Leute lachten. Ich habe nicht gelächelt. Ich habe nur mein Bier gehoben und »Ja« gesagt, einen Schluck genommen und es wieder hingestellt.
Als ich das nächstemal aufsah, hatte eine junge Schwarze ihr

Bier an meinen Tisch gebracht. »Hör mal, Junge«, sagte sie, »hör mal, Junge . . .«

»Tag«, sagte ich.

»Hör mal, Junge, laß dich doch nich' von dieser kleinen Flo fertigmachen, laß dich doch von der nich' abknallen, Junge. Das kannst du doch schaffen.«

»Ja, ich weiß, daß ich das schaffen kann. Ich hab auch gar nicht vor, den Löffel wegzulegen.«

»Gut. Du hast halt nur traurig geguckt, sonst nix. Richtig traurig haste geguckt.«

»Na bin ich ja auch. Die hab ich nämlich innen drin gehabt, verstehst du, im Herz drin. Aber das wird schon vergehn. Bier?«

»Ja, aber auf mich.«

Wir haben in der Nacht dann bei mir zusammen geschlafen, aber das war mein Abschied von den Frauen – für vielleicht so 14 oder 18 Monate. Wenn man da nicht allzu sehr hinterher ist, sind einem solche Ruhepausen vergönnt.

Ich hab also jeden Abend nach der Arbeit getrunken, allein, bei mir oben, und es blieb dabei noch genug übrig für die Samstage auf'm Rennplatz, und das Leben war einfach und ohne allzu viel Leid. Vielleicht auch ohne allzu viel Sinn, aber von dem ewigen Leid ein bißchen wegzukommen, war schon Sinn genug. Was mit Jeff los war, wußte ich sofort. Er war nicht einfach nur jünger als ich, sondern ich erkannte in ihm so etwas wie eine jüngere Ausgabe von mir.

»Du hast ja wohl auch'n ganz schön dicken Kater, Kleiner«, sagte ich eines Morgens zu ihm.

»'s geht halt nich' anders«, sagte er, »man muß vergessen.«

»Wahrscheinlich hast du recht«, sagte ich. »'n Kater is' immer noch besser als Irrenhaus.«

An dem Abend sind wir nach der Arbeit gleich in 'ne Kneipe nebenan. Er war wie ich, das Essen hat ihn nie gekümmert, ein Mann macht sich keine Gedanken wegen des Essens. Im übrigen waren wir zwei von den Stärksten im Betrieb, wenn wir das auch nie ausprobiert haben. Aber Essen war einfach langweilig. Kneipen hatte ich damals ziemlich über – ewig diese einsamen Idioten von Männern, die hofften, irgendeine Frau würde hereinspaziert kommen und sie ins Wunderland entführen. Das jämmerlichste Volk ist das Rennplatzvolk und das Kneipenvolk, und ich meine vor allem die männlichen Vertreter der Gattung. Die Verlierer, die immer wieder verlieren, die nicht aufhören und sich nicht zusammenreißen können. Und ich, ich hing da genau mitten drin. Durch Jeff ist es ein bißchen leichter geworden für mich. Und zwar hauptsächlich deswegen, weil . . . na, ich meine, für ihn war die Sache neuer, und er hat sie aufgepeppt, fast zu was Wirklichem gemacht, als würden wir was Sinnvolles tun, statt unsern kümmerlichen Lohn für's Saufen und Spielen rauszuschmeißen; und für billige Zimmer, um dann Jobs zu verlieren, neue Jobs zu suchen, von Frauen gesengt zu werden – praktisch dauernd in der Hölle zu schmoren und dabei so zu tun, als wäre nichts, überhaupt nichts.

»Ich möchte, daß du meinen Kumpel Gramercy Edwards kennenlernst«, sagte er.

»Gramercy Edwards?«

»Ja, Gram is' mehr drin gewesen als draußen.«

»Knast?«

»Knast und Klapsmühle.«

»Klingt enorm. Sag ihm, er soll kommen.«

»Ich geh ihn anrufen. Wenn er nich' zu voll is', kommt er bestimmt . . .«

Gramercy Edwards kam ungefähr eine Stunde später rein. Inzwischen fühlte ich mich den Dingen schon etwas mehr gewachsen, und das war gut so, denn da kam Gramercy zur Tür herein – ein Opfer von Besserungsanstalten und Gefängnissen. Seine Augen schienen sich dauernd nach oben in seinen Schädel wegdrehen zu wollen, als versuchte er, in sein Gehirn zu gucken und nachzusehn, was da schiefgelaufen war. Er war in Lumpen gekleidet, und in eine Hosentasche, die eingerissen war, hatte er eine große Flasche Wein gezwängt. Er stank, und im Mund hing ihm eine Selbstgedrehte. Jeff machte uns bekannt. Gram zog seine Weinflasche aus der Ta-

sche und bot mir einen Schluck an. Ich nahm sie. Wir blieben
da drin und tranken, bis sie zumachten.

Dann gingen wir die Straße runter zu Gramercys Hotel. Damals, bevor die Industrie in diese Gegend kam, wurden in
alten Häusern Zimmer an die Armen vermietet, und in einem
dieser Häuser hatte die Hauswirtin eine Bulldogge, die sie
jede Nacht rausließ, damit sie ihren kostbaren Besitz bewachte. Und das war ein ganz gemeiner Saukerl, dieser Hund.
Schon so manche Nacht, wenn ich besoffen nach Hause ging,
hatte er mich erschreckt, bis ich endlich lernte, welche Straßenseite ihm gehörte und welche mir. Ich bekam die Seite,
die er nicht wollte.

»So«, sagte Jeff, »heute nacht geht's dem Saukerl an den
Kragen. Paß auf, Gram, ich übernehm es, ihn zu fangen. Und
wenn ich ihn habe, mußt du ihn abstechen.«

»Du fängst ihn«, sagte Gramercy, »und hier ist die Klinge.
Hab sie grad erst schleifen lassen.«

Und so schlenderten wir dahin. Bald war dann dieses Knurren zu hören, und die Bulldogge kam auf uns losgeprescht.
Besonders gern zwackte das Biest einen in die Waden. Wirklich ein Mordskerl von Wachhund. Riesig selbstsicher kam er
angeschossen. Jeff wartete, bis die Bulldogge uns fast erreicht
hatte, dann drehte er sich seitwärts und sprang über die Bulldogge hinweg. Die bremste rutschend, wendete schnell, und
Jeff sprang wieder hoch und kriegte den Hund zu fassen, als
er unter ihm durchwollte. Er schloß die Arme unter den Vorderbeinen der Bulldogge und stand dann auf. Der Hund
strampelte und schnappte hilflos um sich, mit dem ungeschützten Bauch nach vorne.

»Hihihihi«, machte Gramercy, »hihihihi!«

Und er stach zu mit seinem Messer und schnitt einen rechten
Winkel hinein. Dann zerlegte er das Tier in 4 Teile.

»Jesus«, sagte Jeff.

Alles war voll Blut. Jeff ließ die Bulldogge fallen. Sie bewegte sich nicht mehr. Wir gingen weiter.

»Hihihihihi«, machte Gramercy, »der Saukerl ärgert keinen
mehr.«

»Ihr macht mich krank«, sagte ich. Ich ging auf mein Zimmer und dachte an die arme Bulldogge. 2 oder 3 Tage war ich noch wütend auf Jeff, dann vergaß ich es . . .

Gramercy hab ich nie wiedergesehn, aber mit Jeff bin ich weiterhin Saufen gegangen. Was anderes war anscheinend nicht drin.

Jeden Morgen, wenn wir zur Arbeit kamen, waren wir kaputt . . . das war unser privater Scherz. Und jeden Abend haben wir uns dann wieder vollaufen lassen. Was soll ein Armer sonst machen? Die Mädchen suchen sich keine einfachen Arbeiter aus; die Mädchen suchen sich die Ärzte aus, die Wissenschaftler, die Rechtsanwälte, die Geschäftsmänner und so weiter. Wir kriegen die Mädchen, wenn die mit den Mädchen Schluß gemacht haben und es keine Mädchen mehr sind – wir kriegen die benutzten, die versauten, die kranken und kaputten. Wenn man nach 'ner Weile keine aus zweiter, dritter und vierter Hand mehr will, gibt man's auf; oder man will es wenigstens aufgeben. Trinken hilft. Und da Jeff gern in Kneipen ging, ging ich mit ihm. Jeffs Problem war nur, daß er sich gerne prügelte, wenn er betrunken war. Mich griff er glücklicherweise nie an. Er war sehr gut, ein guter Boxer, und er war stark, vielleicht der stärkste Mann, den ich je gesehen hatte. Dabei war er kein Schlägertyp; aber wenn er 'ne Weile getrunken hatte, schien er durchzudrehn. Ich hab gesehn, wie er eines Nachts mal drei Kerle fertiggemacht hat. Er hat auf sie herabgeblickt, wie sie da hingestreckt in der Gasse lagen, hat die Hände in die Taschen gesteckt und dann mich angeguckt:

»Na komm, gehn wir noch einen trinken.«

Er hat nie angegeben damit.

Die Samstagabende waren natürlich am besten. Sonntags hatten wir frei, um den Kater zu verdauen. Meistens haben wir uns zwar bloß einen neuen geholt, aber sonntagmorgens brauchte man wenigstens nicht in einem Lagerhaus für Autoteile zu sein und für einen Sklavenlohn einen Job machen, den man schließlich doch einmal hinschmeißen würde oder aus dem sie einen irgendwann mit Sicherheit feuerten.

Diesen Samstagabend saßen wir im Green Light und kriegten schließlich doch Hunger. Wir gingen hoch zum Chinesen, was ein ziemlich sauberer und etwas besserer Laden war. Wir gingen die Treppe hoch in den ersten Stock und setzten uns hinten an einen Tisch. Jeff war betrunken und warf eine Tischlampe um. Mit lautem Gescheppper ging sie zu Bruch. Alle guckten. Der chinesische Kellner an einem andern Tisch warf uns einen besonders angewiderten Blick zu.

»Nehmen Sie's nich' so tragisch«, sagte Jeff. »Schreiben Sie's auf die Rechnung. Ich zahl das.«

Eine schwangere Frau starrte Jeff an. Sie schien recht unglücklich zu sein über das, was er gemacht hatte. Mir war das unverständlich. *So* schlimm konnt ich's nun auch wieder nicht finden. Der Kellner wollte uns nicht bedienen oder ließ uns warten, und diese Schwangere starrte uns weiter an. Es war, als hätte Jeff das abscheulichste Verbrechen der Welt begangen.

»Was'n los, Baby? Brauchst'n bißchen Liebe? Ich kann mit dir durch die Hintertür gehn. Einsam, Süße?«

»Ich geh meinen Mann rufen. Der ist unten auf der Toilette. Ich geh ihn rufen, ich hol ihn. Der wird Ihnen was zeigen!«

»Was hat er denn?« fragte Jeff. »'ne Briefmarkensammlung? Oder Schmetterlinge unter Glas?«

»Ich geh ihn holen! Jetzt!« sagte sie.

»Liebe Frau«, sagte ich, »bitte, tun Sie das nicht. Sie brauchen Ihren Mann noch. Bitte tun Sie's nicht, liebe Frau.«

»Doch, ich tu's«, sagte sie, »ich tu's!«

Sie stand auf und lief zur Treppe. Jeff lief hinter ihr her, kriegte sie zu fassen, wirbelte sie herum und sagte: »Hier, ich schick dich auf'n Weg!«

Drauf gab er ihr einen aufs Kinn, und dopsend kullerte sie die Stufen hinunter. Es machte mich krank. Es war genauso schlimm, wie in der Nacht mit dem Hund.

»Allmächtiger Gott, Jeff! Du hast 'ne schwangere Frau die

Treppe runtergeprügelt! Scheiße is' das und schwachsinnig! Womöglich hast du 2 Menschen umgebracht. Du wirst so bösartig Mann, was willste denn bloß beweisen damit?«

»Halt's Maul«, sagte Jeff, »oder du kriegst auch noch was rein!«

Jeff war irrsinnig betrunken und stand schwankend oben an der Treppe. Unten versammelten sie sich um die Frau. Sie schien noch am Leben zu sein und heile Knochen zu haben, aber ich wußte nicht, was mit dem Kind war. Hoffentlich is' dem Kind nix passiert, dachte ich. Dann kam der Ehemann von der Toilette und sah seine Frau. Sie erklärten ihm, was vorgefallen war, und zeigten dann auf Jeff. Jeff drehte sich um und ging zurück zum Tisch. Der Ehemann schoß die Treppe hoch. Er war ein großer Kerl, so groß wie Jeff und auch so jung. Ich war nicht besonders glücklich über Jeff, und deswegen warnte ich ihn nicht. Der Ehemann sprang Jeff auf den Rücken und packte ihn mit einem Würgegriff. Jeff röchelte und sein ganzer Kopf wurde dunkelrot, aber trotzdem grinste er, das Grinsen kam durch. Er kämpfte gern. Er brachte eine Hand nach hinten, auf den Kopf des Burschen, griff dann auch mit der andern Hand hinter sich, und indem er sich vorbeugte, hatte er den Körper des Burschen parallel zum Fußboden. Der Ehemann hielt Jeff immer noch um den Hals gepackt, als dieser ihn zur Treppe trug, sich dort aufrichtete, sich den Burschen einfach vom Hals riß, ihn in die Luft hob und treppab schleuderte. Als der Mann der Dame zu purzeln aufhörte, war er sehr still. Ich begann zu überlegen, ob ich abhauen sollte.

Unten quirlten einige Chinesen herum. Köche, Kellner, die Besitzer. Sie schienen miteinander zu reden, während sie herumrannten. Dann fingen sie an, die Treppe hochzurennen. Ich hatte einen Flachmann in der Jacke und setzte mich an einen Tisch, um mir den Spaß anzugucken. Jeff trat ihnen oben an der Treppe entgegen und stupste sie wieder nach unten. Mehr und mehr tauchten auf. Wo all diese Chinesen herkamen, weiß ich nicht. Aber durch ihre Übermacht wurde Jeff schließlich von der Treppe zurückgedrängt, bis er in der

Mitte des Raumes herumstampfte und sie niederstreckte. Unter andern Umständen hätte ich Jeff geholfen, aber dauernd dachte ich an diesen armen Hund und die arme Schwangere, und so saß ich einfach nur da, trank aus meinem Flachmann und sah zu.

Endlich kriegten zwei von ihnen Jeff von hinten zu fassen, ein dritter packte einen Arm, zwei weitere den andern Arm, ein sechster hatte ein Bein, und ein siebenter hatte ihn am Hals. Er war wie eine Spinne, die von einer Schar Ameisen zu Fall gebracht wird. Dann hatten sie ihn auf dem Fußboden und versuchten, ihn da niederzuhalten, ihn festzuhalten. Wie gesagt, er war der stärkste Mann, den ich je gesehen hatte. Sie hielten ihn nieder, konnten ihn aber nicht festhalten. Immer wieder, wie von einer unsichtbaren Gewalt herausgeschleudert, kam ein Chinese aus dem Haufen geflogen. Und sogleich stürzte er sich dann wieder in den Haufen hinein. Jeff wollte einfach nicht aufgeben. Und obgleich sie ihn nun am Boden hatten, wurden sie nicht fertig mit ihm. Er kämpfte stur weiter, und die Chinesen schien es ganz ratlos und unglücklich zu machen, daß er nicht aufgeben wollte.

Ich nahm noch einen Schluck, steckte die Flasche wieder in meine Jacke und stand auf. Ich ging zu dem Gewühl.

»Wenn ihr ihn festhaltet, sagte ich, »schlag ich ihn k. o. Er wird mich zwar umbringen dafür, aber's geht nich' anders.«

Ich stieg da also hinein und setzte mich auf seine Brust. »Haltet ihn fest! Den Kopf festhalten. Ich kann ihn nich' treffen, wenn er sich so bewegt! Haltet ihn fest, verdammtnochmal! Himmelherrgottnochmal, ihr seid doch ein ganzes Dutzend! Könnt ihr nich' ma'n einzigen Mann festhalten? Haltet ihn fest, verdammt nochmal, haltet ihn fest!«

Sie schafften es nicht. Jeff zuckte und zerrte weiter herum. Seine Kräfte schienen unerschöpflich. Ich gab es auf, setzte mich wieder an den Tisch und nahm noch einen Schluck. Es muß noch 5 Minuten so weitergegangen sein.

Dann, ganz plötzlich, hielt Jeff still. Nicht eine Bewegung machte er mehr. Die Chinesen hielten ihn fest und beobachteten ihn. Da hörte ich es weinen. Jeff weinte! Die Tränen liefen ihm nur so übers Gesicht. Das ganze Gesicht glänzte wie ein Teich. Dann schrie er auf, jämmerlich – nur ein Wort:

»M U T T E R!«

Im nächsten Moment hörte ich die Sirenen. Ich stand auf, ging an ihnen vorbei und die Treppe hinunter. Auf halber Höhe der Treppe traf ich auf die Polizei.

»Er is' da oben! Machen Sie schnell!«

Langsam ging ich durch die Vordertür hinaus. Dann kam ich zu einem schmalen Durchgang. Ich bog in ihn ein und fing an zu rennen. Als ich auf der andern Straße herauskam, hörte ich die Krankenwagen kommen. Ich ging in mein Zimmer, ließ alle Sonnenblenden runter und machte das Licht aus. Ich leerte die Flasche im Bett.

Montag erschien Jeff nicht zur Arbeit. Dienstag auch nicht. Mittwoch nicht. Nun, ich hab ihn nie wiedergesehn. Ich habe die Gefängnisse nicht abgefragt nach ihm.

Nicht viel später wurde ich wegen Fernbleibens von der Arbeit gefeuert und zog dann auf die Westseite der Stadt, wo ich einen Job als Lagerjunge bei Sears-Roebuck fand. Die Lagerjungen bei Sears-Roebuck hatten nie einen Kater und waren sehr zahm, – schmächtige Burschen. Nichts schien sie aufzuregen. Ich aß mein Brot allein und sprach nur sehr wenig mit ihnen.

Ich glaube nicht, daß Jeff ein besonders guter Mensch war. Er hat eine Menge Fehler gemacht, schreckliche Fehler, aber interessant ist er gewesen, doch, das kann man nicht anders sagen. Wahrscheinlich sitzt er jetzt oder irgendwer hat ihn umgebracht. So einen Saufkumpel wie ihn werd ich wohl nie wieder finden. Alle schlafen sie und sind normal und anständig. Ab und zu brauchte man mal wieder so'n richtigen Schweinehund wie ihn. Aber wie es in dem Lied heißt – Wo sind sie geblie-ie-ben?

# Der weiße Bart

Und Herb hat dann ein Loch in eine Wassermelone gebohrt und die Wassermelone gefickt, und dann hat er Talbot gezwungen, den kleinen Talbot, das zu essen. Morgens um halb sieben sind wir aufgestanden zum Äpfel- und Birnenpflücken, und es war in der Nähe der Grenze, und die Erde bebte von den Bomben, wenn man sich nach den Äpfeln und Birnen reckte und versuchte, ein anständiger Kerl zu sein und nur die reifen zu pflücken, und dann vom Baum kletterte, um zu pissen – es war kalt morgens – und auf dem Scheißhaus ein bißchen Hasch einzupfeifen. Was das alles sollte, wußte niemand. Wir waren müde, und es war uns egal. Wir waren Tausende von Meilen von der Heimat entfernt, und es war uns egal. Es war, als hätte man einfach ein häßliches Loch in die Erde gebuddelt und uns da hineingeworfen. Wir arbeiteten nur für Unterkunft und Verpflegung und einen sehr geringen Lohn und für das, was wir klauen konnten. Selbst die Sonne verhielt sich nicht wie sie sollte; sie schien mit dünnem roten Zellophan überzogen zu sein, und die Strahlen konnten nicht durchkommen, so daß wir dauernd krank wurden und im Spital lagen, wo sie nichts weiter mit einem anzufangen wußten, als einen mit diesen riesigen kalten Hühnern zu füttern. Die Hühner schmeckten wie Gummi, und da saß man dann im Bett und aß diese Gummihühner, eins nach dem andern, während einem der Rotz aus der Nase übers Gesicht lief und dickarschige Schwestern einen anfurzten. Es war so schlimm da drin, daß einem nichts übrig blieb, als schleunigst gesund zu werden und wieder in diese dämlichen Apfel- und Birnbäume zu steigen.

Die meisten von uns waren vor irgend etwas davongelaufen – vor Frauen, Rechnungen, Babys oder anderen Schwierigkeiten, die einem über den Kopf gewachsen waren. Wir ruhten aus und waren müde; waren krank und müde und fertig.

»Zwing ihn doch nicht, die Melone zu essen«, sagte ich.

»Los jetzt, iß das«, sagte Herb, »iß das oder ich vergeß mich und reiß dir den Kopf ab!«

Der kleine Talbot biß dann in die Melone, schluckte Kerne und Herbs Samen und weinte lautlos in sich hinein. Menschen, die Langeweile haben, denken sich alles mögliche aus, um nicht verrückt zu werden. Oder vielleicht werden sie auch verrückt. Der kleine Talbot hatte in den Staaten an Highschools Mathematik unterrichtet, aber irgend etwas war schiefgegangen, und da ist er dann weggelaufen zu unserm Dreckloch, und jetzt fraß er Sperma, gemixt mit Wassermelonensaft.

Herb war ein großer Kerl, Schaufelradhände, schwarzer Drahthaarbart, und dauernd war er am Furzen wie diese Krankenschwestern. An der Seite trug er in einer Lederscheide ein riesiges Jagdmesser. Er brauchte es nicht, er hätte jeden auch ohne es umbringen können.

»Hör mal, Herb«, sagte ich, »warum gehst du da nicht raus und hörst endlich auf mit diesem Kleinkrieg? Mir reicht's langsam.«

»Ich möchte das Gleichgewicht der Kräfte nicht stören«, sagte Herb.

Talbot war fertig mit der Wassermelone.

»Ah, warum guckste nicht mal nach, ob du Scheiße in den Hosen hast?« fragte er Herb.

Herb gab ihm zur Antwort: »Noch ein Wort von dir, und du kannst dein Spundloch in'nem Tornister mit dir rumtragen.«

Wir gingen hinaus auf die Straße, und da waren alle diese kleinarschigen Leute in Shorts, die Knarren mit sich rumschleppten und eine Rasur brauchten. Sogar von den Frauen brauchten manche eine Rasur. Überall roch es schwach nach Scheiße, und hin und wieder, WURUMB – WURUMB!, hörte man die Bomben. Es war wirklich ein Mordswaffenstillstand . . .


Wir setzen uns im Keller eines Lokals an den Tisch und bestellten billigen Wein. Sie hatten Kerzenbeleuchtung da drin.

Ein paar Araber saßen auf dem Fußboden, betäubt und teilnahmslos. Einer hatte einen Raben auf der Schulter, und ab und zu hob er die geöffnete Hand. Auf der Handfläche lagen zwei oder drei Körner. Der Rabe pickte sie lustlos auf und schien sie nur mit Mühe zu schlucken. Ein Mordswaffenstillstand. Ein Mordsrabe.

Dann kam ein junges Mädchen – 13 oder 14, Abstammung unbekannt – und setzte sich zu uns an den Tisch. Ihre Augen waren milchig blau, sofern man sich das vorstellen kann, ein milchiges Blau, und das arme Ding war mit nichts als mit Brüsten behangen. Sie war bloß Rumpf – Arme und Kopf und alles andere hing an diesen Brüsten. Die Brüste waren enormer als die Welt, und die Welt brachte uns um. Talbot blickte auf ihre Brüste, Herb blickte auf ihre Brüste, ich blickte auf ihre Brüste. Es war, als wären wir von einem letzten Wunder heimgesucht worden, obwohl wir doch wußten, daß es keine Wunder mehr gab.

Ich streckte die Hand aus und berührte eine ihrer Brüste. Ich konnte nichts dagegen machen. Dann drückte ich sie. Das Mädchen lachte und sagte auf Englisch:

»Die machen dich scharf, was?«

Ich lachte. Sie hatte ein gelbes Durchsichtiges an. Lila BH und Höschen; grüne hochhackige Schuhe, große grüne Ohrringe. Ihr Gesicht glänzte wie gelackt, und ihre Hautfarbe lag irgendwo zwischen hellbraun und dunkelgelb – wer vermochte das zu sagen? Ich bin kein Maler. Und Titten hatte sie, ja. Brüste! Ein toller Tag.

Der Rabe flog in einem schiefen Kreis durch den Raum und landete wieder auf der Schulter des Arabers. Ich saß da und dachte nach über die Brüste und auch über Herb und Talbot. Über Herb und Talbot: daß sie nie davon sprachen, was sie hierhin verschlagen hatte, und daß auch ich nicht davon sprach, was mich hierhin verschlagen hatte, und was für schreckliche Versager wir waren, was für Narren, das verbergen zu wollen, wie wir versuchten, nicht zu denken oder zu fühlen, uns aber dennoch nicht umbrachten, sondern weitermachten. Wir gehörten hier hin. Dann landete eine Bombe in der Straße, und die Kerze auf unserm Tisch fiel aus dem Halter. Herb hob sie auf, und ich küßte das Mädchen, ihre Brüste dabei bearbeitend. Es machte mich verrückt.

»Willst du mich ficken?« fragte sie.

Als sie den Preis nannte, war er zu hoch. Ich sagte ihr, wir seien bloß Obstpflücker, und wenn das vorbei wäre, müßten wir in den Minen arbeiten. Die Minen waren verdammt kein Vergnügen. Das letztemal war die Mine im Berg gewesen. Statt uns in den Boden zu graben, trugen wir den Berg ab. Bis in den Himmel schien er zu ragen. Das Erz war oben im Berg, und die einzige Möglichkeit, da ranzukommen, war von unten. Also bohrten wir nach oben gehend ringsum Löcher rein, dosierten das Dynamit und steckten es mit Zündschnüren in diesen Kreis von Löchern. Die Zündschnüre wurden zusammengefaßt zu einer Zündschnur, die herunterhing, und die wurde angezündet, und dann hieß es verschwinden. Man hatte zweieinhalb Minuten, um möglichst weit wegzukommen. Dann, nach der Explosion, kam man zurück und schaufelte den ganzen Scheiß da raus und wiederholte den Vorgang. Wie ein Affe turnte man an dieser Leiter rauf und runter. Manchmal fanden sie bloß noch eine Hand oder einen Fuß und weiter nichts. Dann hatten die zweieinhalb Minuten nicht gereicht. Oder eine von den Zündschnüren hatte einen Materialfehler gehabt, so daß die Flamme zu schnell abgezischt war. Der Hersteller hatte Mist gebaut, aber er war zu weit weg, als daß man sich weiter drum gekümmert hätte. Es war ungefähr wie Fallschirmspringen – wenn der Fallschirm nicht aufging, gab es hinterher einfach niemanden mehr, den man beschimpfen konnte.

Ich ging mit dem Mädchen nach oben. Der Laden hatte keine Fenster; wieder eine Kerze. Auf dem Fußboden lag eine Matte. Wir setzten uns auf die Matte. Sie entzündete die Haschpfeife und gab sie mir. Ich machte einen Zug und gab sie zurück; blickte wieder auf diese Brüste. Es wirkte fast lächerlich, wie sie an diese zwei Dinger gefesselt war. Fast war es ein Verbrechen. Fast, sagte ich. Und schließlich gibt es auch noch andere Dinge als Brüste. Alles, was so dazu gehört, beispielsweise. Na, in Amerika hatte ich sowas jedenfalls noch nicht gesehen. Und wenn es doch sowas gab in Amerika, schnappten sich's die reichen Jungens und versteckten es, bis es verdorben war oder abgehangen – dann ließen sie so Leute wie uns drauf Jagd machen.

Aber da saß ich und haderte mit Amerika, weil die mich rausgeekelt hatten. Dauernd hatten sie mich umbringen wollen da drüben, umbringen und beerdigen. Es hatte da sogar einen Dichter gegeben, Larsen Castile, der hatte dieses lange Gedicht über mich geschrieben, und da findet man zum Schluß eines Morgens einen Buckel im Schnee, und sie kratzen den Schnee weg, und ich bin es. »Larsen, du Halbarsch«, hab ich zu ihm gesagt, »das is' doch pures Wunschdenken.«

Dann hing ich wieder an ihren Brüsten, erst die eine besuckelnd, dann die andere. Ich fühlte mich wie ein Baby. Wenigstens stellte ich mir vor, daß ein Baby sich so fühlt. Mir war nach Weinen zumute, so gut war das. Mir war, als könnte ich ewig so bleiben und an diesen Brüsten suckeln. Das Mädchen schien nichts dagegen zu haben. Im Gegenteil, es tropfte sogar eine Träne herunter! Es war so gut, daß eine Träne runtertropfte. Eine Träne stiller Freude. Die Segel waren voll. Mein Gott, was die Männer alles lernen mußten! Ich war immer ein Beinfreier gewesen, immer mit den Augen auf den Beinen. Frauen, die aus dem Auto stiegen, brachten mich jedesmal völlig um den Verstand. Ich wußte dann nicht mehr, was ich machen sollte. Mein Gott, das stell man sich doch mal vor, da steigt eine Frau aus dem Auto – *da!* Ich sehe ihre BEINE! BIS OBEN HIN! All das Nylon, die Reizwäsche, Strapse, der ganze Scheiß . . .

BIS OBEN HIN! Zu viel! Kann ich nicht aushalten! Gnade! Ochsen sollen mich zertrampeln! – Ja, es war immer zu viel. – Jetzt suckelte ich Brust. Okay.

Ich brachte meine Hände unter die Brüste, hob sie an. Tonnen von Fleisch. Fleisch ohne Mund oder Auge. FLEISCH FLEISCH FLEISCH. Ich knallte es mir in den Mund und flog in den Himmel.

Dann war ich auf ihrem Mund und machte mir an dem lila Höschen zu schaffen. Dann bestieg ich sie. Dampfer zogen vorbei im Dunkel. Elefanten bespritzten meinen Rücken mit Schweiß. Blaue Blumen bebten im Wind. Terpentin brannte. Moses rülpste. Der Schlauch eines Autoreifens rollte einen grünen Hügel hinunter. Es war vorbei. Lange hatte es nicht gedauert. Na ja . . . was soll's.

Sie brachte eine kleine Schüssel und wusch mich ab, und dann zog ich meine Sachen an und ging wieder nach unten. Herb und Talbot warteten. Die ewige Frage:

»Na, wie war's?«

»Och, ziemlich genauso wie bei jeder andern.«

»Willst du sagen, du hast nicht die Brüste gefickt?«

»Ach was, ich wußte bloß, daß ich irgendwo reinficke.«

Herb ging nach oben. Talbot vertraute mir an: »Ich bring ihn um. Wenn er schläft heute nacht, bring ich ihn um. Mit seinem eigenen Messer.«

»Keine Lust mehr auf Wassermelonen?«

»Noch nie welche gehabt.«

»Willst du auch mal mit ihr?«

»Möcht ich schon«

»Die Bäume sind fast leer. Ich glaube, wir kommen bald wieder in die Minen.«

»Na, wenigstens verstänkert Herb dann die Schächte nicht mehr mit seinen Fürzen.«

»Ach ja, hatt ich schon vergessen. Du willst ihn ja umbringen.«

»Ja, heute nacht, mit seinem eigenen Messer. Du kommst mir da doch nich' in die Quere, oder?«

»Geht mich doch nix an. Keine Angst, ich behalt's schon für mich.«

»Danke.«

»Nich' der Rede wert . . .«


Dann kam Herb herunter. Die Treppe wackelte unter ihm. Der ganze Laden wackelte. Herb war nicht von den Bomben zu unterscheiden. Dann ließ *er* eine Bombe los. Erst hörte man sie, FLÖRRRRRPP, dann roch man sie; im ganzen Laden. Ein Araber, der an der Wand geschlafen hatte, wachte auf und rannte fluchend auf die Straße.

»Ich hab ihn ihr zwischen die Brüste gerammelt«, sagte Herb.

»Dann ein *Meer* von Samen unter ihrem Kinn. Als sie aufstand, hing das da wie'n weißer Bart. Zwei Handtücher hat sie gebraucht, um das wegzuwischen. Als ich gebaut wurde, hat man die Gußform weggeschmissen.«

»Als du gebaut wurdest, hat man vergessen zu spülen«, sagte Talbot.

Herb grinste ihn bloß an. »Willst du auch mal mit ihr, Tittenmäuschen?«

»Nein, ich hab's mir anders überlegt.«

»Schiß, eh? Das paßt zu dir.«

»Nein, ich steh auf was anderm.«

»Auf irgend'nem Schwanz wahrscheinlich.«

»Vielleicht hast du recht. Du bringst mich da auf 'ne Idee.«

»Dazu braucht man nicht viel Phantasie. Steck ihn dir doch ins Maul. Mach was du willst.«

»Das hab ich eigentlich nicht vorgehabt.«

»So? Na, was denn? Willst'n dir etwa in'n Arsch stecken?«

»Du wirst schon noch drauf kommen.«

»Ich werde drauf kommen, ja? Was glaubst du denn, was mir das scheißegal ist, was du mit irgend'nem Schwanz machst.«

Da lachte Talbot.

»Das Tittenmäuschen ist verrückt geworden. Es hat zuviel Wassermelone gegessen.«

»Da kannst du recht haben«, sagte ich.

Wir tranken noch ein paar Runden Wein, dann sind wir gegangen. Es war zwar unser freier Tag, aber das Geld war alle. So blieb nichts, als zurückzugehn, sich in die Falle zu hauen und auf den Schlaf zu warten. Es wurde dort kalt in der Nacht und es gab keinerlei Heizung, und alles, was sie einem gaben, waren zwei dünne Decken. Man legte einfach all seine Sachen noch auf die Decken – Jacken, Hemden, Shorts, Handtücher, alles; egal ob es dreckig war oder sauber. Und wenn Herb furzte, zog man sich das ganze Zeug übern Kopf.

Wir kamen zurück, und ich war sehr traurig. Es war nichts zu machen. Den Äpfeln war es egal und den Birnen auch. Amerika hatte uns rausgeschmissen oder wir waren davongelaufen. Zwei Blocks weiter krepierte eine Granate in einem Schulbus. Kinder auf der Heimfahrt vom Picknick. Als wir vorbeikamen, lagen überall Stücke von Kindern herum. Das Blut war dick auf der Straße.

»Die armen Kleinen«, sagte Herb, »die werden nun nie gebumst werden.«

Die sind's doch schon, dachte ich mir. Wir gingen weiter.

# Inhalt

*Amerikanische Autoren in der Reihe Hanser*

*Richard Brautigan*
*Forellenfischen in Amerika.* Roman. Band 73.
1971. 136 Seiten. Broschur.

*Allen Ginsberg*
*Der Untergang Amerikas.* Gedichte. Band 179.
1975. 112 Seiten. Broschur.

*Allen Ginsberg*
*Planet News.* Gedichte. Band 24. 4. Auflage
1971. 96 Seiten. Broschur.

»Allen Ginsberg, dieser einzige wahrhaft radikale und absolut moderne Nachfahre von Antonin Artaud wie nicht minder von William Blake und Walt Whitman – und nicht fern sind da auch Rimbaud und Lautréamont –, hat mit seinen ›Planet News‹ jenes Buch geschrieben, dessen Lektüre und Wirkung sich Artaud derart vorstellte: »Sich in einem Zustand äußerster Erschütterung wiederfinden, aufgehellt von Irrealität, mit Stücken der realen Welt, in einem Winkel seiner selbst.« Wenn Literatur es überhaupt noch vermag, mehr als wiederum nur Literarisches zu erschüttern, nämlich ganz konkret Ich-Zustände und gesellschaftliche Bilder anzutasten, dann gehören Ginsbergs hundert Seiten zu den wenigen, denen solch eine Erschütterung ernsthaft gelingen könnte.« *Süddeutsche Zeitung*

# Reihe Hanser